ぼくらは夜にしか会わなかった

市川拓司

祥伝社文庫

目次

白い家

1

ぼくのほうが最初に気づいてた、と彼は言った。

「クリニックの向かいの公園にいたよね？　すぐにわかったよ」

「わかった？」

その、と彼は言って、両手を胸の前でひらひらさせた。

「きみが――仲間だって」

「仲間、ね」

「そう、仲間」

クリニックの待合室はかなり広かったけれど、患者の数はいつもそれよりも多かった。だから、向かいの公園は、あふれた患者たちの第二の待合室のようになっていた。

「あそこにいるひとたちの半分はわたしたちの仲間よ。でしょ？」

そうじゃないよ、と彼は言った。

「患者仲間ってことじゃない」

彼の声からは微かないらだちが感じられた。

「ただ、思ったんだよ。ぼくらは一緒なんだって」

そうね、とわたしは言った。

「わたしたちはわかり合える。そういうことね？」

彼はふいに気恥ずかしそうな表情を見せ、視線をそらすと、少し乱暴に頷《うなず》いた。

なんとなく、と彼は言った。

「そう思ったんだよ。ただ、なんとなく――」

彼はそのクリニックに睡眠薬を処方してもらいに来ていた。

流行遅れの薬なんだ、と彼は言った。あまり流通していない。

「でも、あれじゃないと眠れないんだよね」

あとで知ったことだけど、彼はこのとき嘘をついていた。まだ、わたしたちはすべてを打ち明け合えるほど、親しい関係にはなっていなかった。

わたしがクリニックに求めていたのは答えだった。わたしは何者なのか。この不安はどこからくるのか? なぜわたしはとらわれてしまうのか。記憶、時、夢、そしてこの生の先にあるもの。世界は思うほど確かではなく、追想がときに現実以上に近しく感じられてしまう。二十三という若さで、わたしはすでに過去に生きていた。

彼ほどではないけれど、わたしもずいぶんと早くから気づいていた。長身で、驚くほど痩せていて、不安げに世界を見回している青年。無造作に伸ばした髪の毛先が、てんでにはねている。首のすり切れたTシャツと、それ以上にくたびれているジーンズ。彼は落ち着きというものを、どこかに置き忘れてしまっていた。つねに動き続けている。とくにその長い指。まるで特異な進化を遂げた生き物みたいに、ひどくユニークな動きを見せる。

最初に言葉を交わしたのは、クリニックの近くのスーパーだった。レジで彼はトラブルを起こしていた。

彼はジーンズのポケットをなんども確かめ、そのたびに首をかしげていた。おかしいなあ、と彼は言った。たしかに、ここに入れたんだけどなあ。

カウンターの上にはビニール袋に詰められた一本のバナナが置かれてあった。かごも使わず、ただそれだけを握りしめてレジに向かったのだろう。レジ係の女性は忍耐強く、頬に笑みを浮かべたまま待ち続けている。やがて、次の客がうしろに並んだ。彼はまだ探し続けている。探す場所なんてそんなにありはしないのに。わたしは稼働していない隣のレジに向かい、そこから彼に硬貨を差し出した。

「どうぞ使って」

彼は顔を上げわたしを見た。驚きと、そしてどこか気まずそうな表情が彼の顔に浮かんだ。

ありがとう、と彼は言った。声が嗄《か》れていた。

彼が硬貨を受け取るとき、その長い指がわたしの手に触れた。あまりの冷たさに驚く。そして同時に胸が痛くなった。彼はこのトラブルに、巣穴から引きずり出された小さな獣のように怯《おび》えていたのだ。

彼は店を出たわたしを追いかけてきて、ありがとう、ともう一度言った。

「まだ千円札があったはずなんだけど、どこかに落としちゃったみたいなんだ」

そうみたいね、とわたしは言った。

「今度来るとき返すよ。ほんとたすかった」

「いいのよ、あのぐらい」

「うん、でも――」

彼が哀しそうな顔をするので、わたしはしかたなく頷いてみせた。

「わかった。じゃあ、今度ジュースでもおごって。それであいこよ」

彼は微笑み、子供みたいに何度も大きく頷いた。

「帰り大丈夫？　電車賃、貸しましょうか？」

大丈夫だよ、と彼は言った。

「隣の駅だから。歩いても帰れる」

「そう、じゃあ、気をつけてね」

「うん、じゃあね」

こうやってわたしたちは出会い、徐々に互いの距離をせばめていった。静かに。そっと。じゅうぶんすぎるほど注意深く。

2

彼は小説家だった。誰も知らない、と彼は言った。

「ぼく自身、本屋で自分の本を見たことがないんだ」

「それで、生活は大丈夫なの？」

問題ないよ、と彼は言った。

「実家だし、月に五万もあれば生きていけるから」

彼は早くに母親を亡くしていた。父親は事業をやっているのだという。

「怪しい仕事だよ。一年のほとんどを、バンコクだとかマニラだとか、そんなところに行ってすごしてる」

こんど遊びにおいでよ、と彼は言った。

「見せたいものがあるから」

最初に言葉を交わしてから七ヶ月が過ぎていた。これだけの時を経て、わたしたちは、ようやく友達になれたのだった。

3

彼の家は広大な雑木林の奥深くにあった。まだこんな場所が残っていることが不思議だった。あたりは仄暗《ほのぐら》く、微かに水気を帯びた風が木々を縫うように流れていく。土の道はところどころがぬかるんでいて、わたしはパンプスを履いてきたことを悔やんでいた。

彼はいつも以上に饒舌《じょうぜつ》で、ひどく嬉しそうだった。ひとを家に招くなんて何年ぶりかな？　そう言って、奇妙なダンスを踊ってみせる。

やがて行く手に見えてきたのは小さな木造の平屋建てだった。ずいぶんと古びて見える。わたしの心を読んだように彼が言った。

「戦争よりも前からここにある。ぼくのおじいさんが建てたんだ」

どうぞ、と言って、彼はわたしを家の中に招いた。

「おじゃまします」

パンプスを脱いで廊下に上がると床板が小さく鳴いた。白熱球の灯りに照らされた廊下は、わたしに古い夢を思い起こさせた。

彼は自分の書斎にわたしを案内した。

「女のひとがこの部屋に入るのは初めてだよ」と彼は言った。

「まあ、母さんは別だけど……」

想像していたものとまったく違っていた。小説家の書斎。けれど、ここは――まるで小さな移動遊園地のよう。色彩と光にあふれた私設博物館。

数え切れないほどの手作り玩具が机や棚の上に無造作に置かれている。木製のころがりおもちゃ。紙粘土でつくられた奇妙な形の塔。紙細工の宮殿。小さな人形たち。紙管でつくられた望遠鏡。組木細工の秘密箱。プリズムやレンズ、真鍮《しんちゅう》の球体。その背後に立て掛けられた額の中の細密画。

書斎のいたるところに植物の鉢が置かれている。机の上の水のない水槽。硝子の中には霧がたちこめ、その奥で濡れた羊歯《しだ》の葉が淡い光を放っている。

「ねえ、手を出して」と彼は言った。言われるままに差し出すと、彼はそこに小さな機械仕掛けの動物を置いた。

風を食《は》む獣、と彼は言った。風車を背負った小さな四つ足獣。彼がそっと風車に息を吹きかけると、獣はおもむろに四本の足を動かし歩き始めた。からからと歯車の回る音がする。

「あなたがつくったの？」

そう訊ねると、彼は嬉しそうに頷いた。

「そうだよ」

「ならば、これも？」

わたしが指さした先には、三十センチ四方ほどの大きさのジオラマがあった。草原。そして白い建造物。なんの装飾もなく、いくつかの小窓が開いているだけのその建物は、わたしに暗い想像を吹き込んだ。わたしにはそれが霊廟《れいびょう》のように見えたのだ。

「うん、そう」と彼は言った。

「それもぼくがつくった」

気づけば、棚に立て掛けられた額の中にも、同じ風景が描かれたものがあった。

夢だよ、と彼は言った。夢の中の風景を形にしたんだ。

彼はわたしを書斎の奥に置かれた揺り椅子に座らせた。

「待ってて」

そう言って部屋を出て行く。

残されたわたしは、そっと椅子を揺らしながら、あらためて視線を巡らせてみた。

小さな窓から雑木林の緑が見える。風に揺れる梢《こずえ》。鳥たちの声。

天井の梁《はり》は黒く変色し、そこに渡された紐から香草の束がいくつもぶらさがっている。テグスで吊り下げられた不思議な形の飛翔機械。窓際に置かれた遮光瓶。ラベルを読むと、安息香《あんそくこう》と書かれてある。

そう、匂い。この部屋には独特な匂いがあった。おそらくは香草と、そして古びた木の匂い。植物たちの呼気。鉱物性の顔料。湿り気を帯びた空気。

心がやすらぐ。遠い夢に手招きされているような懐かしい気持ち。

彼はマグカップを手に戻ってきた。

レモングラス、と彼は言った。

「ハーブティーだよ」

ひと口啜《すす》ると、乾いた草の香りが鼻の奥に広がった。

すてきな場所ね、とわたしは彼に言った。

「うん。ここがぼくの世界のすべてなんだ」

ずっとここにいる、と彼は言った。

「生まれたときから、たぶん、死ぬまでずっと――」

4

日が暮れ落ちる前に、わたしたちは散歩に出かけた。

家の裏手の小径《こみち》をしばらく行くと、木々に覆われたゆるやかな斜面が現れてきた。

「ここを登ると天文台の敷地に出るんだ」

彼はわたしの手を取り前を歩いた。前からそう決めていたのだと気づく。わたししたちの距離がまた少しだけ近付いた。

「よく、母さんと散歩したよ」と彼は言った。

「そう？」

「うん。天文台。植物園。神学校。いろんなところをふたりで歩いた」

「仲がよかったのね」

「ふたりしかいなかったから。ぼくには友達がいなかった。母さんもそう」

「どんなひとだったの？」

「子供だよ。十歳にもならない小さな女の子」

だから、いつも怯えてた、と彼は言った。

「なにかの手違いで、母さんの心は子供のままで止まってしまったんだ。楽じゃないよね。それで大人のように振る舞うなんて」

そうね、とわたしは言った。

「きっと、そうでしょうね」

古い赤道儀室《せきどうぎしつ》の暗がりで、わたしたちは囁《ささや》くように言葉を交わし合った。

きみはぼくに似ている、と彼は言った。

そう、とわたしは言った。あなたはわたしに似ている。

わたしもひとりきりだった、と彼に打ち明ける。

涙がこみ上げてきて、声が震えそうになった。

よくわからない、と彼は言った。なんなんだろう？　この気持ち。恐いんだ。きみが母さんのように死んでしまうんじゃないかって、不安になる。

ええ、そうね。わたしも恐い。

こんなふうになるなんて、と彼は苦しそうにつぶやいた。

思ってもみなかった。なんだか、息を奪われてしまったみたいに感じるんだ。

5

その日から、わたしはたびたび彼の家を訪ねるようになった。

わたしたちが求めていたのは、おそらく本来的な意味での愛ではなかった。それでも、わたしたちはともにいることを望んだ。不安を受け入れ、重なり合える心地よさにそっと身をゆだねる。

わたしたちは夕暮れの植物園を歩き、夜の天文台に忍び込んだ。誰もいない競技場のスタンドで流れゆく雲を眺め、雑木林の湧水に笹舟を浮かべた。

彼がつくり出すものにわたしは惹かれた。

「きらきら光るものが好きなんだ」と彼は言った。

彼はわたしに手作りの万華鏡を見せてくれた。プリズムとレンズでつくられた接眼部に両目をあてると、トラス構造の球体が浮かんでいるのが見えた。まるで色ガラスでつくられた星のようだった。輝くパターンは刻々と変化していく。

あまりの悦びに胸が痛くなった。

きみにあげるよ、と彼は言った。

「そういうふうに悦んでくれるひとを、ぼくはずっと待っていたんだ」


彼はわたしをモデルに絵を描いた。

そのままでいいよ、と彼は言った。彼の書斎に置かれた本を読むわたしを、彼は鉛筆でデッサンした。

彼はわたしのうしろ姿しか描かなかった。レアード・ハントの小説を読むわたしのうしろ姿は、どこか孤独で哀しげに映った。

わたしは揺り椅子に座りながら、小説を書く彼の姿を眺めるのが好きだった。背を丸めかりかりとペンを走らせる彼は、どこか時計職人のようにも見えた。

「ぼくは夢を描いているんだ」

そう彼は言った。

読ませてもらった短編には、お母さんとの思い出が描かれてあった。音のない、モノクロームの旧い映画をわたしは思い浮かべた。

木製の窓枠を風が揺らし、わたしたちは護られているのだと感じた。

水のない水槽を霧が漂う。

静かな午後。わたしは、これは夢なのかしら？　と時折思った。不思議なほど穏やかな時間が流れていた。

やがて、そんな日々も終わりを告げる。

得たものは返さなくてはいけない。そういうことなのだろうか？　束《つか》の間の微睡《まどろ》みは過ぎ行き、容赦のない現実がわたしたちを打ち据える。

6

どのような順序で語ればいいのだろう？

すべては、短い時間のあいだに、立て続けに起こった。

父親の失踪、雑木林の伐採、病院でのトラブル。

彼は怯えていたし、どこかいらついてもいた。

「どうしたんだろう？　よくわからないよ。なんでこうなっちゃったんだろう？」

失踪は現地の領事館を通じて彼に知らされた。最悪の結果も考慮しておいて下さい。そう聞かされ、彼はひどく狼狽《うろた》えた。

「この家を出なきゃいけなくなるかもしれない」

父親には債務があった。返済期限を過ぎれば、この家も差し押さえられる可能性があった。

「よその場所じゃぼくは生きていけない。ここじゃなきゃ、ぼくは――」

不安にうち震える彼に、木々をなぎ倒す重機の音がさらに追い打ちをかけた。雑木林の一部が伐採され、そこにメッキ工場が建設されることになった。

わたしたちは、書斎の床に肩を寄せ合って座り、追われる鳥たちの嘆きを聞いた。

可哀想に、と彼は言った。

「逃げられない雛《ひな》や卵もあっただろうな……」

わたしは、彼の裸足の指を見つめていた。なにかに怯えるようにきつく閉じられている。

大丈夫？　とわたしは訊いた。

多分、と彼は答えた。

「いまのところはまだ」

7

彼の叫ぶような声は、待合室のわたしにも聞こえた。一瞬、別の誰かだろうと思った。彼が声を荒らげるところなど、一度も目にしたことがなかったから。けれど、再び聞こえてきた大きな声は、間違いなく彼のものだった。

怒りと、どこか懇願するような響き。なにがあったのだろう？

診察室を飛び出してきた彼は激しく興奮していた。わたしの姿も目に入らない。いらだたしげに言葉を吐きながら足早にエントランスに向かう。追いかけ、肘を摑んだわたしを、彼は強く振り払った。

痛みが走った。胸に。胸の奥深くに。

思わず上げた声に彼が振り向く。わたしを認め、彼はなにかを言いかけたけど、結局そのまま出て行ってしまった。

彼は向かいの公園にいた。

ブランコの柵に腰掛け、哀しげな目で、風が落ち葉を運ぶのを見ている。わたしは黙って彼の隣に座った。

ごめん、と彼は言った。

「ひどい態度をとって」

別にいいの、とわたしは言った。

「理由があったんでしょうから」

薬をさ、と彼は言った。

「薬を変える、って言われたんだ。あの薬はもう出さないって」

「どうして?」

「さあ」と彼は言った。「薬効が期待できないから、って言ってたけど。でも本当はどうなのかな？　医者の言うことを真に受けるほど、ぼくはバカじゃない」

「眠れないの？」

そう訊ねると、彼は奇妙な目でわたしを見た。まるで、わたしが的外れの質問をしているかのように。

だって、とわたしは言った。

「そう言ってたでしょ？　あの薬じゃないと眠れないんだって」

ああ、と彼は言って、両手で自分の顔をぬぐうような仕草を見せた。

「そうじゃないよ。そうじゃないんだ」

「どういうこと？　そうじゃないって」

「眠れないこと自体は問題じゃないんだ。生まれながらの不眠症だからね。それには慣れてる」

「じゃあ――」

夢なんだ、と彼は言った。自分の身体を抱くようにしながら、彼は静かに揺れている。

「ぼくはあそこに行かなくちゃいけない」

なに？　とわたしは訊いた。

「よくわからない」

うん、と彼は言った。

「黙ってて、ごめん。なんだか、打ち明けづらかったんだ。奇妙な話だから」

同じ夢を見るんだ、と彼は言った。ずっと昔から。

もしかして、とわたしは言った。

「あのジオラマ？　棚の上の絵にも描かれてあったわ」

「そうだよ」と彼は言った。

「ぼくはあの場所に行かなくちゃいけないんだ。どんなことがあっても」

8

十五の頃から、彼はその夢を見続けてきた。いつもというわけではない。眠れぬままにすごす夜も多いし、たまに訪れる眠りは浅く短いものだから、あの場所まで深く沈んでいくことはできない。

ごくまれに、年にほんの何回か訪れる深い眠りだけが、彼をあの場所に導いてくれる。

「いつも同じなんだ。霧のかかった草原と白い家。そこで母さんがぼくを待ってる」

「お母さんが？」

変な話だよね、と彼は言って不安そうな顔でわたしを見た。わたしはかぶりを振り、そんなことはない、と彼に言った。

「ねえ、わたしたちは似たもの同士でしょ？　なぜ、夢だけが違ってるなんて思うの？」

「なら、きみも？」

「ええ、そうよ。わたしにも、わたしだけの場所があるの」

最初に訪れたのは、もういつのことだったのか思い出すこともできない。深い森と、その先に広がる水郷地帯。縦横に走る水路と大きな跨線橋《こせんきょう》。ああ、またこの場所に来た、とわたしは思う。そして、ここここそが自分の居場所なのだと感じる。郷愁。母の子宮の中で見た遠い夢。

彼だけではない。わたしもまた「あの場所」にとらわれた者のひとりだった。

母さんをひとりにしておけない、と彼は言った。

「だから、なんとか深く眠ろうとしたんだ」

「それが、あの薬？」

「うん。いろいろ試した中で、あれだけが効いたから」

もう自然の眠りではあの場所に行くことができない、と彼は言った。

「だめなんだ。あの薬がないと」

彼は身を折り、自分の膝に額を押しつけた。

「母さんが待っている……」

どうすればいいのかな、と彼は言った。ぼくはどうすればいいんだろう。

9

それから半年後に、彼は行ってしまった。

彼は深い眠りに就き、いまも眠り続けている。その寝顔は幸せそうだ。

病院のベッドの上で、彼は夢を見続けている。

ねえ、とわたしは彼に呼びかける。

それがあなたの願いだったの？　この世界を捨てて、あの場所に行ってしまうことが。

わたしはどうすればいいの？

なんだか、彼の困った顔が見えるよう。スーパーのレジで、不安そうにポケットを探っていた彼の姿を思い出す。

おかしいなあ、と彼は言うかもしれない。ちゃんと、目が覚めるはずだったんだけどなあ、と。

そして、多分、それが真実なのだろうとわたしは思う。勝手な思いなしだけれど、わたしはそう信じている。だって、こういったそそっかしさは、いかにも彼に似つかわしいことだから。

彼は手に入らなくなった薬の代わりを他の薬剤に求めた。様々な種類、様々な分量、タイミング、相乗効果。

このことを彼はわたしに秘密にしていた。残されたノートからわたしは彼の危険な探索を知った。

彼は彼なりに慎重だった。でも、入れたはずのお札がポケットから消えてしまうように、どんなことにも手違いというものはある。

彼の帰り道は消えてしまった。どこを探っても見つからない。

開け放した窓から柔らかな風が吹き込む。レースのカーテンが揺れ、彼の顔の上で光が踊る。

ねえ、わたしの声が聞こえる？

いまでも、あなたが描いてくれた絵は大事に飾ってあるわ。

すごく寂しそうなわたしのうしろ姿。いまの自分を知っていたからなのかしら？

またいつかわたしの絵を描いて。

そのときは、こんどはうしろ姿でなく、わたしの笑顔を描いてほしい。

あなたを見つめながら微笑むわたしの顔を。

ね？　いいでしょ？

epilogue

彼のお父さんは消えてしまった。失踪から一年後に捜索は完全に打ち切られた。家は他のひとの手に渡ったけれど、まだ取り壊されずにそこにある。解体費用をかけて更地にしても、なにに使えるわけでもないから。

家が少しずつ荒れていくのを見るのはつらい。彼の作品は、すべてわたしのアパートに移しておいた。水のない水槽も一緒に。揺り椅子はわたしの部屋には大きすぎるけれど、それでもちゃんと畳の上にラグを敷いて専用の置き場所にしてある。

雑木林は少しずつ緑を減らしている。メッキ工場の隣に、こんどは鉄工所が建てられた。廃棄物処理場が来るという噂もある。

別にここに限ったことじゃない。この星のすべての場所から、緑は姿を消しつつある。いつかわたしたちは、木々や小鳥たちの姿を博物館でしか目にすることができなくなるのかもしれない。

わたしはいまでもあのクリニックに通っている。自分にできる仕事をこなし、得たお金でごはんを食べ、服を買い、髪をカットする。リズムを崩さぬよう、爪先の数歩先を見つめながら、わたしは日々を送っている。

仕事帰りに彼を見舞い、植物園を散歩する。夕暮れの天文台、赤道儀室の薄暗がりの中で、わたしはそっと彼の気配を探す。

きみはぼくに似ている、と彼は言った。

あの声が、いまも忘れられない。

＊

ずいぶんと久しぶりにあの夢を見た。

ああ、またこの場所に来た、とわたしは思う。

わたしは小舟に乗り水路を流れてゆく。ゆるやかな流れ。萱《かや》の穂がまるで岸辺に立つ見送りの人垣のように見える。彼らは風に揺れながら、静かに手を振っている。

気付けば、はるか前方に見えていた跨線橋のアーチが、もうずいぶんと近くまで来ていた。空に架かる虹のようだと、わたしは思う。

わたしは舟縁に肘を置き、そこに顎を預けてとろとろと微睡む。水の匂い。虫の羽音。波光のきらめき——

やがて、風の音でわたしは目を覚ます。舟はいつのまにか、岸に泊まっていた。霧が水面を流れる。顔を起こすと、どこまでも続く草原が見渡せた。

そっと岸に降り立ち、わたしは歩き始める。霧が早瀬のように流れていく。

もしかしたら、とわたしは思う。予感にせきたてられるように、わたしは歩を速め、そのために何度も転びかける。胸の奥が激しく脈打つ。

どれほど、そうやって歩き続けただろう。何時間？　何昼夜？

そしてついにわたしは目にする。あの懐かしい光景。草原に佇《たたず》む白い簡素な石造りの家。

わたしは身体の震えを止めることができない。霧に濡れた髪をかき上げ、そっとその家の扉を開く。さっと、霧がわたしを追い越して廊下の向こうへ流れていく。まるでわたしを先導するかのように。

外観と同じように家の中にも一切の装飾はない。白い壁と床。そして天井。窓も灯りもないけれど、壁自体が燐《りん》のように淡い光を放っている。

わたしは歩く。いくつもの部屋を通り過ぎ、入り組んだ廊下をどこまでも歩き続ける。

やがて、わたしはその声を耳にする。

少女の笑い声。そして、記憶にあるよりはずいぶんと幼く響く彼の声。
廊下の向こう。あの開いた扉の奥に彼らはいる。
わたしはスモックの裾を引き上げ駆け出す。
もうすぐ、彼に会える。
その悦びに、わたしはすでに微笑んでいる。

スワンボートのシンドバッド

植物園の駐車場に車を駐めて、そこから天文台までふたりで歩いた。たいした距離じゃない。ほんの十五分ほど。季節は春で、新緑が目に眩しい。平日の早い時間、人影はほとんどない。

彼は早足でわたしの前を跳ねるように歩いていく。気を抜くと、すぐに離されてしまう。彼はずっとしゃべり続けている。わたしがいようがいまいが関係ないのかもしれない。頭に浮かんだことを無意識のままに口にする。独り言と同じ。

住宅街を抜け、天文台通りを渡る。正門の受付で記帳をして、ひとけのない敷地内に足を踏み入れる。

一年ぶりかな、と彼が言う。そうね、とわたしは答える。

去年は桜の季節にここを訪れた。それでも、やっぱり敷地内にひとの姿はほとんど見られなかった。咲き誇る桜を見ていたのは、わたしたちふたりだけ。

第一赤道儀室の前を歩きながら彼が言う。

「ここが、うちの親たちのデートコースだったって知ってた?」

知っていた。何度も彼の口から聞かされていたから。わたしが曖昧に頷くと、彼は嬉しそうに続けた。

「父さんも母さんも、まだ十六とか十七とか、そんな頃だよ」

「そうね」

うん、と彼は言って、赤道儀室の円いドームを見上げた。

「母さんは子供の頃からここに忍び込んでいたからね。どこから入り込めるのか、よく知っていた」

ここで、と彼は言った。

「ピクニックの真似事をしたんだ。牛乳と菓子パンのランチ。でも父さんは落ち着かない気分だった。誰かに声をかけられるんじゃないかって、不安だった」

もう、半世紀以上も昔の話。わたしたちの子供よりも若かったふたり。

「いつか書いてみたいな。ふたりのこと」

「そうね、読んでみたいわ。お義父さんたちの青春」

書店に並ぶ光景が目に浮かぶ。あわいパステル画の表紙。いまよりは、よほど貧しかった時代の話。でも愛と希望が、温もりに満ちた予感がふたりの胸を満たしていた。

わたしたちはアインシュタイン塔に続く緑に囲まれた小径を歩いた。ここはいつでも薄暗くて、空気がひんやりとしている。

「もうすこし向こうまで歩けば、ぼくが生まれた家が見えるかもしれない」

彼が言った。彼が生まれた家は、ここからほんの数百メートルしか離れていない。崖線の上手にある天文台からは、下手の町並みを広く見渡すことができた。

「天文台と飛行場。それに植物園。それが子供の頃のぼくの世界のすべてだった」

そう、だから彼は何度でもこの場所に立ち返る。彼の半分は思い出の中を生きている。身体をここに残して、心は過去を彷徨《さまよ》う。繰り返し繰り返し、彼は思い出を語る。

「うちは風呂が家の外にあったからね」

彼は言った。

「夜、かなりの距離を歩くんだ。そのときいつも思うんだ。ああ、いまこの瞬間も、あそこで星を見ているひとたちがいるんだなあってさ。なんだか妙に、胸が騒いだのを憶えてる」

「そうね。そしてその頃わたしは、都会のど真ん中で、煤《すす》けた月を見上げていた……」

気の毒に、と彼は言った。夜の闇は星を見るためにあるのに。

わたしたちは古い煉瓦《れんが》造りの塔を離れ大赤道儀室に向かった。とても大きなドーム。この建物自体が星を目指す船のよう。

ざらついたコンクリートの階段を上り、ドアを開いて観測室の中に入る。

中はとても広い。まるで仄暗い伽藍の中に身を置いているような荘厳な気分になる。据えられた望遠鏡の長さは優に十メートルはある。観測を行っていないいま、ドームの天井は閉ざされている。

彼は置かれた備品に鼻を近づけ、嬉しそうに笑う。

「そう、この匂い。子供の頃を思い出す」

わたしも匂いには敏感だから、その意味はよくわかる。

巨大なドームの中を満たしていたのは古い木造校舎の匂い。乾いた時間が埃《ほこり》のようにそっと漂う。図書室の黄ばんだ紙の香り。地学準備室の鉱物から立ちのぼる硬質な芳気。

ある意味、と彼は巨大な望遠鏡を見上げながら言った。

「ここは、過去への通路みたいなものだからね。記憶を呼び覚ますにはいい場所なんだ」

「なんで？　ここは星を見るところでしょ？」

「うん。でもほら、星の光は長い時間をかけてやって来るから。プロキシマで四年、シリウスなら八年。あとは——忘れた」

わたしは笑いながら、だから？　とさらに訊ねた。

「うん、だから、ぼくらが見るシリウスは八年前の姿なんだ。向こうからも八年前のぼくらが見える。ぼくがまだ作家になる前の姿が」

ならば、とわたしは言った。

「もしそのシリウスの地表に大きな鏡を置いたなら、十六年前のわたしたちも観測できる？」

「かもしれないね。おもしろいな、そうなったら」

「見てみたいわね。いまよりもずっと若かった頃のわたしたち」

彼はまだ小説を書き始めたばかりだった。読者はわたしひとり。

彼はたいした夢想家で、自分の作品が辿る道を小説の筋以上に細かく定めていた。

映画化されるんだ、と彼は言った。多くのひとが観に来るよ。

彼はわたしに語った。演じる俳優は誰で、音楽は誰。舞台挨拶のときの服は何色で、インタビューをするライターの女性の顔はこんなふう。インタビューの中で、ぼくはきみのことを語るんだ。出会いに感謝してるって。そうでなかったら、ぼくは小説を書かなかった――

彼は何時間でも語り続けた。ときには、明け方の三時近くまで自分の脳裏に浮かぶ未来の情景を描写し続けることもあった。

彼は予言者なのかしら？　と思うこともある。彼が語ったことはすべて現実になった。ある雑誌のインタビューを受けたとき、彼は興奮しながら家に帰ってきてわたしに言った。

全部同じだった。ライターさんの顔も、部屋のインテリアも、自分が話した内容も、すべてぼくが想像した、そのままだったよ。

過去なら見ることはできる。巨大なレンズを星に向ければ、昔の自分が目に映る。けれど未来は？

わたしは目の前にある望遠鏡に近付き、星をのぞくふりをした。

「ああ、見えるわ」

わたしは言った。

「十六年前のわたしたち。小さな坊やも一緒。あなたは古いワープロのキーを勢いよく叩いてる。まるで大工仕事ね。なにも、そんなに力を入れなくてもいいのに……」

あるはずの笑い声が聞こえない。振り向いてみると、彼の姿はそこになかった。

彼の名を呼んでみる。薄暗いドームの中、わたしの不安げな声がこだまする。数秒ののち、思いも寄らなかった方向から彼の声が返ってくる。不明瞭な呟き。具合が悪いのかしら？

彼は望遠鏡を挟んだ向かい側にいた。

「どうしたの？」とわたしは訊いた。

「具合が悪いの？」

またも不明瞭な声。望遠鏡を回り込んで彼のもとに向かう。近付くにつれ、彼の様子がおかしいことに気付く。だって――

「五十嵐《いがらし》――さん？」

彼はそう言った。五十嵐さん。床の一段高くなったところに座り、彼は静かに身体を揺らしていた。薄暗がりの中でも、彼が彼でないことはすぐにわかった。

「すごい偶然だね」

わたしはなにも言えずに、ただ彼の前に立ち尽くしていた。白いTシャツにジーンズ。わたしと一緒にここに来た彼は上下とも黒尽くめだった。それに、目の前のこのひとはあまりに若すぎる。髪型だってまったく違う。

「久しぶりだね。七年、それとも八年だっけ？　まだ十年は経っていないよね？」

「井上《いのうえ》くんなの？」

そう訊ねた自分に驚く。ほとんど、反射的に出た言葉。

「そうだよ。ぼくだよ」

確かに彼であることは間違いない。けれど――

「五十嵐さんは変わったね」

彼は言った。

「なんていうか、落ち着いた？　そんな感じ」

彼は視線を落とし、独り言のように続けた。

「結婚したって聞いたけど、やっぱりそういうのって、女のひとを変えるのかな」

そうなの？　とわたしは彼に訊ねた。

「そうなのって？」

「わたしは結婚したの？　井上くん以外のひとと」

でしょ？　と彼は哀しそうな目でわたしを見ながら言った。

「そう聞いてるよ？　違うの？」

わたしはかぶりを振った。混乱していたけれど、なにかがわかってきたような気もする。ここにいるのは、きっと十六年前の彼。どこかで違う道に迷い込んだ、もうひとりのわたしの恋人。

あまりに日常からかけ離れていて、理由を考える気にもなれない。これではまるで彼がいつも書いている小説じゃない。もしかしたら迷い込んだのはわたしの方で、ここは誰かの夢の中なのかもしれない。

彼はずいぶんとやつれて見えた。くるくる巻いた髪は伸ばし放題で、薄い髭も、もう長いこと剃っていないように見える。そげた頰と落ちくぼんだ眼窩《がんか》。あまりいい状態とは言えない。

「井上くんは？」とわたしは訊ねた。

「結婚」

してないよ、と彼は言った。ひとりが楽だから。

「そうなの？　いま、仕事はなにしてるの？」

今日は平日だった。もっとも、彼にとっての今日がいつなのかはわからないけど。

「アルバイト。いろいろ。地図の調査とか、ポスティングとか」

「そう……」

彼はしきりに自分の喉を指でさすっている。緊張したときのいつもの癖。

あのとき、と彼は少し嗄れた声で言った。

「約束の場所に行かなかったこと、いまでも後悔してるんだ」

そう、あなたはあの場所に行かなかったのね。もうひとりのわたしが待つあの場所に。

ふたりがまだ子供のように若かった頃。彼はわたしから離れようとしていた。心と身体を壊した彼は、わたしの重荷になるまいとして、自ら身を引こうとしていた。あの約束はわたしたちの最後のチャンスだった。

「あれから、わたしたちは一度も会わなかった……」

彼はどこか戸惑ったような目でわたしを見上げた。この薄暗がりが、わたしの実際の年齢を隠してくれている。それでも、わたしは彼の視線から逃れるように一歩退いた。

「そうだね。手紙と電話。それが一度ずつ。ぼくはずいぶんとひどいことを言った。ごめんね」

わたしは静かにかぶりを振った。当然だけど、彼はわたしがなにも知らないと思っている。彼が示した冷たい態度の意味。素っ気ない言葉のわけ。結婚したあとで、彼が告白してくれた、すべてのこと。

「いいのよ」

わたしは言った。

「わかってる」

すべてを教えてしまいたい。あのとき、あなたがちゃんとあの場所に来てくれたなら、もうひとりのわたしはけっしてあなたから離れなかったのに。別のひととなんか結婚しなかった。もっと別の、いまのあなたたちとは違う未来が――

でも、それを知ったら彼は悲しむだろう。彼は選択した。自分が離れることが、わたしの幸福になるのだと信じて。その決意をわたしは尊重したい。なにが正しいかなんて誰にもわからない。答えは十年後、二十年後、あるいは死んでからのちに初めて明かされる。彼の精一杯の決断。

わたしは彼から少し離れたところに置かれたベンチに腰掛けた。彼は動かない。

「むかし何度か来たよね。ふたりで」

彼が言った。

「そうね。最初のデートが植物園で、その次がここ」

「ぼくの父さんたちも、若い頃ここでデートしたんだ」

わたしはなにも言わずに、ただ黙って頷いた。

「懐かしくてさ。ふいに思い出して、それで来てみた」

「そう」

五十嵐さんは？　と彼は言った。

「なんで？」

「わたしもよ。ふいに思い出して。それで来てみたの」

「ひとりで？」

どこか不安そうな声。

「そうよ。今日はひとり。駅からバスに乗ってひとりで来たの」

ふーん、と彼が言った。相変わらず、彼はゆっくりと身体を前後に揺らしている。

これも彼の癖。身体をつねに動かし続けることで、心の安定を保とうとする。無意識の平衡機能。

どんなひと？　と唐突に彼が訊いた。

「誰が？」

「うん。その、五十嵐さんの――」

「ああ、わたしの夫？」

彼は頷いた。

「うん……」

あなたにそっくりよ。そう言ったら、彼はどんな顔をするだろう？　相変わらず電車には乗れないし、わけのわからない発作に苦しんでる。なにもかもが過剰で、自分をうまくコントロールできていない。それでも、わたしたちはうまくやってる。お互いを補い合いながら、とことんオリジナルで、きわめてユニークな（これは彼の言葉）家庭を築いてる。

わたしはふと思いついて彼に言ってみた。

「あのひとは作家なの」

「作家？」

彼はひどく驚いたようだった。目を大きく見開いている。

「それは、すごいね」

作家かぁ、と独り言のように呟く。

「どんなもの書いているの？」

わたしは正直にそのままいくつかの題名を口にした。

「ドラマや映画にもなったのよ」

ふーん、と彼は言った。

「ごめん、知らないや。ほとんどテレビ見ないし、読むのは翻訳物ばかりだから」

いいのよ、あなたが知るはずのない小説なんだから。本来ならば――わたしと一緒の人生を歩んでいたならば、ちょうどいま頃、あなたは最初の一作目を完成させていたはず。わたしたちの恋愛を下敷きにした哀しい物語。

「あなたは？」と、わたしは訊いてみた。

「なにが？」

「小説」

いや、と彼はかぶりを振った。

「小説は読むもので、書くもんじゃないから」

「そうなの？」

わたしは言った。

「本当に、それでいいの？」

彼はわたしから目を逸らし、小さく肩をすくめた。なにかを言いかけ、けれど結局それを飲み下す。

わたしは話題を変えることにした。

「体調の方はどう？」

まあまあ、と彼は言った。

「それなりに」

「そうは見えないけど」

彼は顔を上げてわたしを見た。叱られた子供みたいに哀しそうな目をしている。

わたしは彼に訊ねた。いまの生活。食事。治療。できるだけ細かく、そして広範に。

予測はできたことだけど、彼の現状はひどいものだった。わたしたち夫婦が時間をかけて築き上げてきたメソッド。偏った人格と生理を中央値に引き戻すための手引き書。そういったものが、彼にはまったくなかった。

あの頃のまま。彼は自分が何者かも知らず、歳とともに増えていく不具合に、ただ場当たり的に立ち向かっては、そのたびに打ちのめされている。苦しみのない日は年に数日もなく、月の半分は家から出ることさえできない。

「病院は幾つも行ったよ。薬だって毎日バケツ一杯分ぐらい飲んでる」

「それで、良くはなるの？」

耐性がね、と彼は言った。

「いずれは効かなくなるときがくる。その繰り返しかな。初めは、これこそは、と思うんだけどね。なかなか、運命の出会いっていうのはないもんだよね」

彼の病の根は深い。生まれ落ちたその瞬間から、彼の大地はすでに大きく傾斜していた。生まれながらの不眠症でね、と彼はよく言っていた。わけもなく高熱ばかり出していた。癇の強い子供で一晩中泣いてばかりいた。多動多弁。なにかに突き動かされたように、走り続け、高いところから飛び降りることに取り憑かれていた。よく死ななかったと思うよ。この歳になるまでよく生き残れたもんだ。

彼を治すすべはない。この傾斜は彼の本質だから。けれど、二次的な症状を軽減させることならできる。バランス。

「まずは、生活そのものを変えなくちゃ駄目よ」

わたしは彼に説明した。なにが発作の引き金になって、なにが神経に障るのか。遠ざけるべきものはなんなのか。積極的に取り入れるべきものはなんなのか。

「ずいぶん詳しいね」と彼は言った。

当然でしょ？　すべてあなたのために勉強したのよ。四半世紀、ひたすら学び続けてきた。それでもいまだに、あなたは眉間に皺を寄せて溜息を吐《つ》くの。ほんとに頑固なんだから。どうしたら、すがすがしい顔で「うん、どこも痛くないし苦しくもない」って言ってくれるのかしら？

「たいしたことないわ」とわたしは言った。ほんの少しだけ尖った声になったかもしれない。

いい？　とわたしは彼に言った。

「きちんと守るのよ。そのままじゃ駄目。人生を変えなくちゃ。今日のこの出会いを無駄にしないで」

彼はわたしの勢いに気圧されたように、ただ黙ってひたすら頷いていた。

「地図の調査もポスティングもあなたに向いているわ。きちんと休まずに続けなさい。一日二十キロ歩くの。それがあなたの過剰なエネルギーをうまく相殺してくれるから。あなたの不具合の根源は、すべてその過剰さにあるの。それをうまく中庸に向かわせてあげれば、苦しみも軽くなるはず」

憶えられる？

ちょっと覚束《おぼつか》ない様子だったので、バッグの中の手帳を取り出して箇条書きにしてみる。彼は記憶力にも大きな問題を抱えている。三つ以上の事を憶えることができない。だから、買い物をお願いしても、いつも必ずなにかを忘れてくる。

「あなたはひとりでいては駄目。いずれはご両親だって歳を取っていくんだし、きちんと自分のパートナーを見つけなくちゃ」

彼は傷ついたような表情を見せた。

でも、とどこか拗ねたような声で言う。

「少しもそんな気になれないよ」

「尾を引いてるなんて言わないでね？　わたしはさっさと新しい人生を歩き始めているんだから。それがあなたの望みだったんでしょ？　わたしを言い訳にしないで。自分の生活をきちんとコントロールできるようになれば、自然と目は外に向いていくはずよ」

あなたは思い出にとらわれすぎる。もう少し現実を生きなくては駄目。

「ねえ、あなたは火なの。だから無意識のうちに水を求めてる。そんな女のひとが、きっとどこかにいるはずよ」

彼はなにも言わない。しょげたような顔で床を見つめている。

彼の目にわたしは冷淡に映っただろうか？　そう思われてもかまわない。彼をこのまま潰《つい》えさせてはいけない。

「約束よ？　いい？　わたしのために、きちんと自分の生活を立て直して」

わたしは彼に、メモ書きを無理矢理手渡した。

「あなたはわたしの初めての恋人でしょ？　いつだって格好良くいてくれなくちゃ駄

彼の肩が小さく震えた。手応えを感じる。わたしは彼の深い部分に触れた。確かに。

彼は顔を上げ、なにかを言おうと口を開いた。視線を床に落としたまま、唇を細かく震わせる。

実は、と彼は言った。

「小説を一本書いたんだ。一年ぐらい前に」

「え？　だって、さっきは――」

「作家を夫に持つひとに、そんなことなかなか言い出せないよ」

ああ、そうね。そうよね。

「どんな小説？」

彼は初めのうちこそ恥ずかしそうに言い淀んでいたけど、やがていつもの饒舌さを取り戻すと、自分が書いた小説をほとんどそのまま朗読するように再現してくれた。

「誰にも見せてないんだ。だから、五十嵐さんが最初の読者ってことになる」

それはわたしたちふたりの物語だった。小説の中のふたりは結婚し、子供をもうけ、幸福な家庭を築いていた。彼の心は癒え、苦しみはすべて過去の思い出に変わっていた。

「これが、あなたの望みだったの？」

わたしは彼に気付かれないように、そっと涙を拭った。

「なら、なぜ？」

彼は微笑みながらかぶりを振った。

「それがいいと思ったんだ。あのときは――」

いつだってそう。彼はせっかちで、早呑み込みで、ほとんど反射的に自分の進む道を決めてしまう。直感だけで生きているようなひと。

「でも、じゅうぶん報われた気がする」

彼は言った。

「五十嵐さん、すごく幸せそうだよ。違う？」

わたしは頷いた。

「幸せよ……。あなたのおかげで、とても……」

うん、と彼は言った。

「ならいい……」

彼の声がなんだか遠くに聞こえる。気のせいじゃない。本来あるはずのなかった出会い。わたしたちは時を超えて引き寄せ合った。でも、それはあまりにも不自然なこと。すべてはあるべき場所に帰っていく。

彼はまるで陽炎《かげろう》のようにゆらゆらと揺らめいていた。

わたしは彼に呼びかけた。

「ねえ、悟《さとる》。すごく素敵な小説だった。ずっと書き続けてね。いつか、本になったらわたし必ず読むから。もっともっと、たくさん書いて。わたし待ってるから。約束よ。あなたの小説はきっと多くのひとたちに読まれるはず。だから、きっと——」

彼は消えゆこうとしていた。わたしの姿が見えないのか、不安そうにあたりを見回している。多分もう、わたしの声は届いていない。

あなたならできるはずよ。わたしはそれを信じてる——

祈るように囁き、わたしはそっと手を振った。最後に一度だけ、彼と目が合ったような気がしたけれど、実際はどうだったのかわからない。

彼は行ってしまった。彼の世界。わたしが他の誰かと結婚している星へ。

寂しがり屋のあなた。ひとりで生きようなんてけっして思わないで。

わたしはベンチに腰を下ろしたまま、声を立てて泣いた。なぜだかわからないけど、涙はあとからあとから止めどなく溢れ出てきた。

やがて、彼がわたしの名を呼ぶ声が聞こえて、わたしはすべてがもとに収まったことを感じた。

彼はわたしのもとにやってくると、顔を覗き込み、どうしたの？　と訊ねた。

あなたが、とわたしは言った。

「あなたが、いなくなっちゃったから……」

「ぼくはずっとここにいたよ。心配したんだ。急に消えてしまうから」

彼はわたしの涙を自分のシャツの袖で拭ってくれた。

「じゃあ、迷い込んだのは、やっぱりわたしのほうだったの？」

「うん？　どういうこと？」

わたしは強くかぶりを振った。ティッシュで頬を拭い、ついでに鼻をかむ。

「夢を見ていたのかもしれない……」

「不思議だね。どうして、ふたりともずっとここにいたのに、相手を見失ったんだろう？」

「きっとよくあるのよ」とわたしは言った。

「どんなに目を凝らしていても、大事なひとを見失ってしまうことって」

ふむ、と彼は言った。

「なんだか意味ありげな言葉だけど——」

ぜんぜん、とわたしは言った。

「そんなことないわ」

そろそろ帰りましょうか？　とわたしは言った。

「夕飯の準備をしなくちゃ。今夜はなにがいい？」

油揚げ、と彼は言った。

「わかったわ」

彼は油揚げさえ食べていれば機嫌がいい。

並んで歩きながら、わたしは彼に訊いてみた。

「ねえ、もしわたしと結婚してなかったら、あなたどうしていたと思う？」

「どうかな？　きっと、素敵な女の子と出会って、よろしくやってたんじゃないの？」

「本当？　そんな自信ある？」

「あるよ。きっと世界中を駆け回って、いろんな国の美女と楽しくお付き合いしてたんじゃないかな」

「電車にも乗れないあなたが？」

「自分で運転するなら問題はないんだ。スワンボートで七つの海を駆け巡るのさ。冒険家になりたかったって話はしたよね？　その資金だって貯めてたんだ。全部結婚式で使っちゃったけど」

「その話も何度も聞いたわ。ごめんなさいね。あなたの夢を台無しにしちゃって」

「うん、別にいいんだ。ぼくの夢はひとつきりじゃないからね」

「たいした自信よね？」

「そう？」

「ねえ、あなた、若い頃にもうひとりのわたしに出会ったりしなかった？」

「うん？　なにそれ？」

「やけに、あなた未来を言い当てるから。もしかして、未来のわたしがあなたに助言してるんじゃないかと思って」

「うん、そうだったらいいね。楽だな。小説のアイデアを教えてもらえる」

「そんなわけないか……」

「ふふん」

「え？　なに？」

「いや、なんでも」

「なんだか、あやしいわね」

「ぜんぜん」と彼は言った。

「そんなことはないよ」

さあ、早く帰ろう。ぼくらの家が待ってる。

ぼくらは夜にしか会わなかった

ぼくらは雑木林の斜面を登って天文台の中へと入った。

風が強い夜だった。木々の梢が音を立てながら激しく揺れていた。

早川《はやかわ》は闇を少しも恐れていないようだった。それまでと変わらぬ歩調でぼくらを先導していく。

彼女と最後尾を歩くぼくとのあいだには五人の級友たちがいた。その中の女子三人は早川を敵視していた。男ふたりは女子たちの従者のようなもので、ぼくだけがたんなる傍観者ということになっていた。

木々に囲まれた歩道をしばらく歩くと目的の赤道儀室が見えてきた。

夜の赤道儀室はあまりに陰気で、まるで古代の王たちが眠る霊廟のように見えた。

早川が歩調を緩めた。赤道儀室から五メートルほど離れた場所で立ち止まり、振り返ってぼくらに合図を送る。全員が足を止めた。押し黙ったままドームの黒いシルエットを見つめる。

彼女が腕時計を見た。まもなく深夜の〇時になる。

「ねえ――」と誰かが言いかけ、「しっ」と別の誰かがそれを制した。風の音と、そして微かにドバトの鳴く声が聞こえていた。

月にかかる雲が流れ、円い屋根が青く染まった。

ぼくらは待った。本気ではなかったかもしれないが、それでも、深夜にこの場所に立てば、誰だってなにかを期待してしまう。男子のひとりが低く囁くような声で「ディア・プルーデンス」を唄っていた（この頃、ぼくらのクラスでは古い洋楽がちょっとしたブームになっていた）。彼も期待していたのだ。

次の雲がふたたび月を隠し、あたりはいっそう暗くなった。それがなにかの予兆のように思えて、ぼくは密かに身構えた。けれど、いくら待ってもなにも起きなかった。

そっと腕時計に目を遣ると、夜光塗料が塗られた細い長針は、すでに大きく短針を追い越していた。

「やっぱり嘘だったのね」と女子のひとりが言った。

「初めからそう思ってたけど」

早川は振り返り、ぼくらを見ると大きくかぶりを振った。長い髪が風に舞っていた。

「嘘じゃないわ。わたし何度も見たのよ」

そうね、とその女子は言った。

「でも、あなた以外は誰も見ていない」

「それはきっと――」と彼女は言って、先の言葉を探すように視線を落とした。そしてすぐに顔を上げると、「今日はひとが多すぎたんだと思う」と続けた。

「彼女ひとが恐いのよ。だから、気を許した相手にしか姿を見せない」

「じゃあ、残念だけど、永久に証明することはできないわね。あなたが嘘つきじゃないってこと」

彼女はなにも言い返せなかった。女子たちはことさら大袈裟な溜息を吐き、さげすみの一瞥《いちべつ》を彼女に投げかけた。みな不機嫌を装っていたが、内心ではほくそ笑んでいるのが、ぼくにはわかった。

女子たちが従者の男子を従え帰ったあとも、ぼくはその場に残った。

「もう、無駄よ」と早川は言った。

「彼女は来ないわ」

「そうみたいだね」

それでもぼくはまだその場に留まり続けた。彼女をひとり残していく気になれなかったし、この状況をちょっとした幸運のように感じてもいた。

「そのひとは」とぼくは言った。早川が顔を上げぼくを見た。

「その、どんな感じなの？　どこに現れるの？」

そこよ、と彼女は張り出し通路の奥を指さした。

「あの張り出しに立って、誰かを待ってる」

「待ってる？　そう言ったの？」

彼女はかぶりを振った。

「ううん。ただ、わたしがそう思っただけ。でも、きっとそうなんだと思う」

円筒状の赤道儀室をぐるりと囲む張り出し通路は、地面から外階段を十段ほど昇った高さにあった。

「ここから見たの？」とぼくは彼女に訊ねた。

「そうよ。これ以上近付いてはいけないような気がしたから」

「ずいぶん暗いよね？」

ぼくの疑念を察した彼女が大きく溜息を吐いた。

「ええ、そうね。でも、たしかに見えたのよ。深海の生き物みたいに、ぼんやりと光ってた。だから、すぐにわかったの。彼女がもう生きていないってこと」

ああ、とぼくは呟くように言った。

「そうなんだ……」

どんなひと？　とぼくは彼女に重ねて訊ねた。

「服は？　髪は？」

早川は静かにかぶりを振った。

「はっきりとは――」

「うん」

多分、と彼女は言った。

「髪は短かったと思う。肩ぐらい？　服はコートのようなものを着ていたわ」

「コート？」

ええ、と彼女は頷いた。

「多分だけど」

深夜〇時にその幽霊は現れる。誰かを待っている、と彼女は言った。こんな寂しい場所で、誰を？

「恐くなかった？」とぼくは彼女に訊ねた。

「夜中にひとりで、こんなところで」

ううん、と彼女はかぶりを振った。

「夜は好きよ。恐いのは人間」

はは、とぼくは笑った。

「たしかにそうだね」

「初めて見たときも」と彼女は言った。

「少しも恐いとは思わなかった。ただ、なんだか無性に哀しくなって、ああ、このひとはきっとつらい思いをしたんだなって、そう感じたの」

「待ち人がこなかったとか？」

早川がぼくを見て小さく頷いた。

「そうね。そうかもね……」

彼女は傷ついていた。今夜の一件が明日にはまた学校中に広まって、彼女はさらに傷つくだろう。

彼女は多くの人間から憎まれていた。美人だったから、美醜が問題なのではなかった。ほっそりとした身体と長い手足。豊かな髪に縁取られた小さな顔。きれいな弧を描く眉と強い眼差し。

もしかしたら十五という年齢がいけなかったのかもしれない。ぼくらの審美学はまだ発展途上の混乱期にあって、評価の基準はたやすく偏向する。教室の中で預言者になるのは、そんなに難しいことじゃない。あの娘は魔女よ、と誰かが言えば、迷える生徒たちはいとも簡単にそれを信じ込んでしまう。

つけ込まれやすい彼女は格好の標的だった。幽霊のことも、彼女はひとりの友人にそっと打ち明けただけだった。けれど、秘密はすぐに学校中に知れ渡った。友人は否定したが、この女子生徒が広めたことは確かだった。過去にも同じようなことが幾度もあった。

なぜ早川がこの友人と離れないのか、ぼくはいつも不思議に思っていた。寄生体質の人間は、宿主の心の奥深くにまで根をのばすものなのかもしれない。

この女子生徒がいることで、彼女は自分に相応しい友人を得る機会を失った。彼女は最大の敵とともに孤立した兵士のようだった。孤独よりもさらにたちが悪い。

まわりの人間はこの友人こみで彼女を測り、不当なまでに低く評価した。彼女は嘘つきで目立ちたがり屋の見栄っ張りだと級友たちは見なしていた。

ぼくにとって彼女は女優だった。けんめいに自分を隠し、借り物の仮面を被る。あの大統領に愛されたブロンドの女優のように。

彼女は痛々しいほどに怯えていた。その不安を隠すための演技は、どこか類型的で、それが級友たちをいらつかせた。頬や目の縁に残るこわばりが、見る者に取って付けたような印象を与える。不自然な感情のアクセントや目まぐるしく変化する会話のリズム。ひとと距離を置こうとする態度。すべてが彼女を追い込む方向へと働いていた。けれど、ぼくにはそのすべてが魅力に見えた。ぼくは拙《つたな》かったり不十分だったりする人間に肩入れしてしまう傾向があった。自分自身がそうだったからなのかもしれない。

ぼくらは天文台の敷地を抜け出ると、川沿いの道を並んで歩いた。家までは十五分ほどの道のりだった。彼女はぼくの家から五分ほど離れたところにある都営住宅に住んでいた。

「いつも、こんなふうに夜散歩するの?」

ぼくが訊ねると、早川は小さく頷いた。

「いつもってわけじゃないけど」と彼女は言った。「家にいたくないときは」

彼女の家の事情はなんとなく噂で聞いていた。いまの父親は、早川の本当の父親じゃない。きっと家の中ではいろんな気詰まりなことがあるんだろう。

「怒られない？　お母さんに」

「平気よ。あのひとは、自分のことしか頭にないから」

ぼくがなにも返せずにいると、今度は彼女がぼくに訊ねた。

「井上くんは？　なぜ、今日来たの？」

すぐに頭に浮かんだのは、こんなふうにきみと並んで歩きたかったからなんだ、という言葉だった。でも、それを口にするわけにはいかない。しばらく考えてから、ぼくは自分でも思いもしなかった言葉を口にした。

「ぼくも見るんだ」

彼女の表情が変わった。

「見る？」

うん、とぼくは言った。自分で自分の言葉に驚いていた。けれど口は勝手に開き、嘘を重ねていく。

「若い男の幽霊。植物園の小さな温室のところにいるんだ」

「ほんとに？」

「うん、ほんとだよ。半年ぐらい前、夜中に歩いてて初めて見たんだ。それからも何度か見てる」

彼女の重心が、ふっと近付くのを感じた。ただの級友から特別な存在に変わった瞬間。ぼくらは孤独な共犯者となった。

「彼も誰かを待っているみたいだった。じゃなきゃ誰かを探しているような、そんな感じ」

「そのひとは、話すの？」

ううん、とぼくはかぶりを振った。

「話さないよ。ただ、そう感じたんだ」

「わたしと同じね」

ぼくは黙って頷いた。鼓動が速くなっていた。

もしかしたら、と彼女は言った。

「ふたりは、なにか関係があるのかも」

「なぜそう思うの？」

「だって、こんなの偶然に思えない」

「うん、そうだね……」

彼女の興奮に気圧され、ぼくの声は小さくなった。

「今度、行ってみていい？」と彼女が訊いた。

「一緒に？」

うん、と彼女は頷いた。

「いやでなければ」

ぼくは強くかぶりを振った。

「ぜんぜんいやじゃないよ。でも、姿を見せないかもしれないよ？　今夜みたいにさ」

「いいの」と彼女は言った。

「行けばなにかを感じられるかもしれないし。試してみたいの」

しばらく考えてから、ぼくは静かに頷いた。

「わかった。じゃあ、今度」

彼女は頷き、約束よ、と言った。見えない指に、そっと首筋を撫で上げられたような気がした。ぼくは身震いすると、着ていたナイロンパーカーの襟をきつくかき合わせた。

次の満月の夜にぼくらは植物園の前で落ち合った。

門は閉じられていたので、中に入るには柵を乗り越えるしかなかった。彼女が乗り越えるときは、ぼくが手を貸した。キュロットスカートの腰に手を添え彼女を持ち上げる。コットンの生地を透して、彼女の肌の温もりが手のひらに感じられた。細い腰には、本来あるべきものが欠けているような心許《こころもと》なさがあった。彼女は驚くほど軽かった。

ぼくらが忍び込んだ植物園は本園の付属施設で、敷地もそれほど広くはなかった。微かにハーブの香りがする道をぼくらは歩いた。木立は高く、重なり合う葉の隙間から月の光が音もなく降り注いでいた。

やがて、ぼくらは目的の温室に辿り着いた。

「ここなの？」

早川が訊いた。ぼくは黙って頷いた。温室は個人の家の庭にあってもおかしくないような大きさだった。月の光を受けてひっそりと輝いている。

どこに？　と彼女が訊ね、ぼくは温室の奥を指さした。

「中なのね？」

「うん」

そしてふと思い付いて言い添える。

「ぼんやりと光ってた。だからわかったんだ」

彼女が頷いた。当然そうあるべきだと感じているようだった。

ぼくは落ち着いていた。もう迷いもなかった。覚悟を決めれば、嘘をつき通すことはそんなに難しいことじゃない。

「いつも真夜中に現れる。もうそろそろかな」

ぼくらは温室から少し離れたところに並んで立ち、なにかが起こるのを待ち受けた。なにも起こらないと知っているのに、それでもぼくは期待せずにはいられなかった。嘘が真実に変わる。そんなマジックを成し遂げたかった。

「ふたりは恋人なのかしら？」と彼女が低く囁くように言った。

「かもしれないね」

ぼくも圧し殺した声でそう返した。

「なにかがあったのね。だから、逢うことができずに、ふたりは苦しんでいる」

「ぼくらが仲立ちすればいいのかな？」

早川がぼくを見た。

「そんなことできるの？」

わからないけど、とぼくは言った。

「できたらいいね」

それから三十分ほどぼくらはその場に佇み続けた。幽霊は現れず、彼女はなにも言わなかったけれど、落胆しているのがぼくにはわかった。申し訳なく思い、この次にはもっと彼女を悦ばすことのできる嘘をつこうとぼくは心に決めた。

学校での彼女の状況は悪くなる一方だった。誰もが自分は彼女の被害者なのだと感じるようになっていた。中世の魔女狩りも、きっとこんなふうに始まったんだろうな、とぼくは思った。正当化された怒りは、悪意よりもずっとたちが悪かった。ぼくは彼女を励ましたかった。

ぼくらは温室を離れ、藤棚のベンチに座って話をした。

「ごめん」とぼくは言った。

「やっぱり、現れなかった」

ううん、と彼女はかぶりを振った。

「そのことはいいの。なんだかこの場所に来て、わかった気がする」

「なにが？」

「すべては偶然じゃないんだって。だって、そうでなくちゃ——」

この双子のような幽霊は、ぼくがでっちあげた偽の共時性だった。彼女はそのことを少しも疑おうとしない。

「そう？」とぼくは言った。

彼女は強く頷いた。

「なにか意味があるのよ、きっと」

ぼくは彼女から目を逸らし、微かに光る石畳を見つめながら小さく頷いた。

「いいところね」と彼女が言った。

不自然なほど明るい声だった。

ぼくのぎこちなさが早川を怯えさせたのだと気付いた。新たな仮面。こうやって次々とモードを変えながら、彼女は注意深く自分自身の外縁を回り続ける。

「昼間は何度も来てたけど、この時間に来たことはなかったから」

「うん」

井上くんは？　と彼女は訊いた。

「前からここには来てたの？　こんな遅い時間に」

「うん、ときどきね」

これは嘘じゃなかった。巧妙な嘘は真実を種にしてつくられる。

「家のひとはなにも言わないの？」

　ぼくはかぶりを振った。

「父さんはほとんど家にいないんだ。忙しい人だから。母さんは——」

「うん」

「もう、死んじゃった」

「そうなの？」

「うん」

　ごめん、と彼女が言った。

　ぼくは言った。

「いいんだ」

「別に秘密ってわけじゃないから」

　うん、それでも、と彼女は言った。呟くような声だった。彼女は失速し、借り物の陽気さはどこかへ消えてしまった。

　その夜、ぼくらの調子が戻ることは二度となかった。月が翳り、風は凪《な》いでいた。こんなときもあるさ、とぼくは自分を慰めた。彼女を悦ばせたいのに、そのやり方がどうしても見つけられなかった。ぼくらはひとを遠ざけることに腐心するあまり、触れ合うすべを学ばずに来てしまった。

でも、まだ遅くないはずだった。どんなことだって、学ぶに遅すぎるということはないのだから。

それからぼくらは、夜にたびたび落ち合うようになった。

ぼくらは夜の探索者だった。

彼女が住む都営住宅のすぐ裏手には小さな児童公園があった。ぼくらはブランコを漕ぎながら、フェンスの向こうに広がる広大な闇を眺めた。いずれ返還されることになっている米軍の敷地だった。

「小さかった頃、よくこの公園で遊んだよ」

「そうなの?」

「うん、おじさんがここに住んでたんだ」

「じゃあ、わたしとも会ってたかもしれないわね」

「そうかもしれないね」

間もなく夏が始まろうとしていた。夜空には無数の星がきらめき、半分欠けた青白い月がぼくらを淡く照らしていた。

「どんなひとだったの?」と彼女が訊いた。「井上くんのおじさん」

「うん」とぼくは言った。

「いいひとだったよ。聖なる酔っぱらい。十八のときからずっと飲み続けてた。これって、すごいよね」

「いまは？」

ぼくはかぶりを振った。

「何年か前に死んじゃった」

「そう」と彼女は言った。

「いまはもういないのね」

「うん。夢には時々出てくるけどね。そこでもおじさん酔っぱらってるんだ」

早川がくすりと笑った。可愛い笑顔だった。

「おじさんには世界は辛辣《しんらつ》すぎたんだ」

ぼくは言った。

「優しいひとだったからね。いつもポケットにピーナッツ入れててさ、それをぼくにくれるんだ。すごく気前がいいんだ」

わかるわ、と彼女が言った。

「そう？」

「うん。とても」

夜の飛行場は寂しい。ぼくらはいつも以上にあいだを詰めて、押し黙ったまま誰もいない滑走路を眺めていた。彼女の温もり。彼女の匂い。彼女の哀しみ。

彼女の手を握りたいと思ったけれど、ぼくにそんなことができるはずもなかった。

代わりにぼくは嘘をついた。言葉で彼女を引き寄せようとした。

「温室の幽霊と話をしたよ」

早川がぼくを見た。ぼくは滑走路を見つめたまま言葉を続けた。

「彼は女のひとを探してる」

「そう言ったの？」

囁くような声だった。ぼくはかぶりを振った。

「感じたんだ。頭の中に、すっと入り込んでくる感じ」

ああ、と彼女が声を漏らした。

「そうね。わかるわ。その感じ」

「うん」

それでね、とぼくは言った。

「彼はその女のひとに恋をしていた」

「ええ」

「でも、打ち明けることができなくて、ずっと片思いのままだったんだ」

「そうなの？」

ぼくは頷《うなず》いた。

「同じクラスだったんだって。高校の」

「じゃあ、わたしたちとそんなに違わないのね」

「うん、そうだね」

「片思いの相手って、あの赤道儀室のひとなのかしら？」

どうかな、とぼくは言った。

「そこまではわからない。でも――」

「なに？」

「ふたりは会うはずだったんだ。夜、待ち合わせてた。彼は告白するつもりでいたんだ」

彼女がそっと息を吐き出す音が聞こえた。ぼくの胸に小さな痛みが走った。すごく不思議な気分だった。

しばらくしてから彼女が言った。

「でも、ふたりは会えなかったのね」

「そうだと思う。だからいまでもさまよってるんだ」

ぼくはなにも断定しなかった。それで充分だった。彼女は自分の意思で辿り着いた。そうあってほしいと願う場所へ。

「そして彼女も——」と早川が小さく呟くように言った。

ぼくは黙って頷いた。

「悲しい話ね」

「うん。悲しいね」

米軍基地のフェンス沿いの道をぼくらは歩いた。

昼間と違って夜はひどく静かだ。

学校帰りに見るフェンス越しの光景に、ぼくはいつも目を奪われていた。ヘルメットを被った大男たちが楕円形のボールを奪い合う奇妙なゲーム。スクールバスの窓から聞こえてくる子供たちの耳慣れない言葉。青い眼の少年が乗る不思議な形の自転車。黒い肌をした巨漢の兵士。

けれどいまは誰もいない。ぼくらだけだ。

「最初は別になんとも思ってなかった」

「そう？」

「うん。でも、気付くといつも彼女のことを見ているんだ。なぜだか見てしまう。どんなにたくさんの女の子がいても、すぐに彼女のことを見つけ出すことができた」

「そう言ったのね？」

「うん」

ぼくは頷いた。

「言葉じゃない言葉で」

まるで夢を見ているみたいに、まざまざとその光景を思い描くことができた。追憶と想像が融け合い、願望と現実が交差する。

「そのうち、彼女のことが頭から離れないようになった。夢の中では、昼間の彼女の姿を何度も思い返すんだ。夢にも見るようになる。家に帰っても、ふたりはまるで恋人同士のように振る舞うんだ。彼が彼女の髪を指で梳《す》いたり、彼の耳元に彼女が唇を寄せて、なにかを囁いたり」

そうね、と早川が言った。

「恋人同士って、そういうことするわよね」

心なしか早川の顔が上気しているように見えた。いまならば許されるかもしれない、とぼくは思った。彼女の髪に触れたり、指をそっと握ったり。でも、ぼくはなにもしなかった。代わりに言葉を続けた。

「いつも見ているから彼女とはよく目が合った。そうすると、彼女は笑ってくれるんだ。ぎこちない笑み。防衛本能みたいなものなのかな？　反射的につくられる表情。廊下で誰かと肩がぶつかったとき、思わず、ごめんなさいって言ってしまうみたいな」

早川はなにも言わなかった。ぼくはしばらく彼女の沈黙の意味を考え、それからまた言葉を続けた。

「そうやって彼はだんだんと彼女を好きになっていった。あるいは、自分の思いの深さに気付いていった」

「でも、告白はしなかったのね？」

ぼくは足を止めた。振り向いた早川と目が合う。なにかを問うように彼女が首を傾げた。彼女の背後で町の灯りが揺れていた。

「うん、そうだよ」

ぼくは言った。

「告白はしなかった」

「彼女は気付いていたの？」

「どうかな。よくわからない。彼は——そのことはなにも言わなかった」

「うん」

ぼくは早川の心を知りたいと思った。懸命に願えば叶うかもしれない。いまは無理でも、いつかそのうち。そうすれば、この不安は消えてなくなる。

なに？　と彼女が言った。

「どうしたの？」

ううん、とぼくはかぶりを振った。

「なんでもないよ」

夏休みが来ても、ぼくらは夜にしか会わなかった。

夜の暗闇の中のほうが自由でいられる。昼間はなにもかもがあからさまで過剰だった。めいっぱい音量を上げてラジオを聴いているみたいで、頭がおかしくなる。

ある夜、ぼくらはテニス部のコートに入り込んだ。夜学校に来ることは滅多にない。ぼくらにとって学校はあまりくつろげる場所ではなかった。

ぼくはローラーを転がした。前からやってみたいと思ってたことだった。でも実際にやってみると大して面白くなかった。息を切らしてベンチに腰を下ろすと、隣に座る早川がぼくに言った。

「彼女に伝えてみたの。温室の彼のこと」

ぼくは早川を見た。

「会えたんだ？」

「うん。このあいだ久しぶりに」

「どうだった？」

彼女はかぶりを振った。

「なにも。聞こえていたのかどうかもわからない」

ぼくは小さく息を吐いた。握っていた指をそっと開く。

「どうしてかな？」

「わからない。幽霊とのコミュニケーションて一方通行なのかもしれない。わたしたちが見ているのは録画された映像みたいなもので」

「うん。それも考えられるね」

早川が黙って頷いた。街灯の光が彼女の頬を照らし、ぼくはそこに大きな痣《あざ》があることに気付いた。数日前に会ったときにはなかったはずだ。

早川と話をしながら、ぼくはどうしてもその痣のことが気になって仕方なかった。しばらく経ってから、思い切って彼女に訊いてみた。

「そのほっぺたの痣どうしたの？」

早川は驚いたような顔でぼくを見た。そしてすぐに顔を背け、手で頬を押さえる。

「なんでもない」

「そう？」

「うん」

けれど、ぼくが黙って早川を見つめていると、やがて彼女がふたたび口を開いた。

「お継父さんに――」

「お父さんて、新しい？」

彼女が頷いた。

「なんで？」

「お酒を飲むと、ひとが変わっちゃうの」

「ああ……」

「だから、できるだけ家にはいたくないの。夜は」

早川はそれだけ言うと、俯《うつむ》き黙り込んだ。細い肩が微かに震えていた。泣いているのかと思ったけれど、頬に光はなかった。

ぼくは思った。こんなときは彼女の手を握り、なにか慰めの言葉をかけるべきなのかもしれない。でも、ぼくの手は動かず、口からはなんの言葉も出てこなかった。

ぼくらはずっとそうやってふたり黙り込んだまま座っていた。ときおり、通りを行きすぎる車の音が聞こえ、雑木林の向こうが明るくなった。地虫が思い出したように鳴いては、また静かになった。

しばらくしてから、ぼくはやっとの思いで言葉を吐き出した。

「母さんが死んでから、ぼくは母さんの写真を見ることができなくなった」

早川が顔を上げぼくを見た。

「母さんの思い出にまつわるものは、なにも見たくない」

見たら、とぼくは低く続けた。

「胸が潰れちゃうから」

ぼくらは視線を繋いだ。彼女の黒い瞳が街灯の光を受けて静かに輝いていた。目の縁にも小さな光があった。

だから、とぼくは言った。

「ひとりで家にはいたくないんだ。つい見てしまうから」

うん、と早川が言った。泣きたくなるぐらい優しい声だった。ぼくは手を伸ばし、人差し指の背中で彼女の目の縁を濡らす涙を拭った。早川が笑った。ぎこちない笑顔だった。

いつか、とぼくは思った。早川の本当の笑顔を見てみたい。心の底から笑った顔を見てみたい。どれだけ時間がかかるかわからないけど、少しずつ、少しずつ、彼女の固く凝った心を融かしていって、世界には気を許してもいい場所があるんだってことを教えてあげたい。

「なに？」と早川が言った。

「うん」とぼくは答えた。

「いつかね」

「いつか？」

「そう、いつか」

二学期が始まってひと月ほど過ぎた頃、学校中に噂が広まった。

魔女が外れ者の男子生徒を仲間に引き込んで、夜毎ふたりでいかがわしい儀式を執り行っている。墓地に入り込み死者の前でセックスをするらしい。ふたりは花泥棒なんだという話もあった。

発信源はだいたい察しが付いた。級友たちはそれまで以上にぼくを無視するようになり、ぼくらふたりは完全に孤立した。露骨な嫌がらせが繰り返され、ある朝などは、学校に行ってみるとぼくの机の上に鳥の死骸が置いてあったりもした。うんざりはしたけれど、別に傷つきはしなかった。ぼくは傷つかない。ただ、彼らを憐れむだけだ。否定することでしか悦びを得られない心。豊かさの対極にある貧弱な命。

でも、早川は違った。彼女はぼくを巻き込んだことに責任を感じ、夜にふたりで会うことを避けるようになった。学校でも目を合わせようとせず、声を掛けても彼女はぼくに気付かないふりをした。

早川は日ごとに元気を失っていった。毎日少しずつ、彼女の身体からなにかが失われていく。それはきっと生きていく上でとても大事なもので、本来、欠けてはいけないものだ。

やせ細った彼女の首は、ちょっとしたことで簡単にぽきりと折れてしまいそうだった。

夜、偶然を装い彼女に会うと、ぼくは距離を置いた場所から声を掛けた。

ぼくは元気だよ。少しもへこたれてない。きみはどう？

彼女は哀しげにかぶりを振り、あのぎこちない笑みを見せるのだった。

おやすみ。とぼくは彼女に言う。いい夢を。

早川は小さく頷き、ぼくに背を向け去っていく。

ささやかな交流だけど、こうやって繋がっていることが大事なのだとぼくは考えた。途切れなければ、いつかまた以前のような関係に戻れるかもしれない。ぼくはまだ望みを捨ててはいなかった。

十月の終わり、いつものように夜の町を歩いていると、背後からふいに声を掛けられた。飛行場近くの寂しい場所で、訝《いぶか》りながら振り返ると、そこには早川の友人の姿があった。

ひどく太ったその女子生徒は、肩で息をしていた。

「井上くん、歩くの速いのね」

ぼくはなにも言わず、ただ黙って彼女を見つめた。

「美沙子《みさこ》を探してるの？」

「違うよ」とぼくは言った。

「ただ、歩いてるんだ」

そう、と彼女は言った。

「井上くん、美沙子のことが好きなんでしょ？」

ぼくはなにも答えずに、無表情のまま彼女を見下ろした。

「違うの？」

ぼくはなにも言わなかった。そのまま何秒かが過ぎ、彼女はなにかを得心したように小さく頷いた。そうか、違うのか、と独り言のように呟く。

ねえ、知ってる？　と彼女がぼくに身を擦り寄せながら言った。

「美沙子、お継父さんの子供を妊娠して、堕ろしたことがあるのよ」

ぼくがなにも言わずにいると、彼女は先を続けた。

「それで、いっときおかしくなったことがあって、結構大変だったんだから」

彼女はぼくを見上げ、嬉しそうに笑みを浮かべた。

「噂聞いたでしょ？　ひどい話だけど、まんざら嘘ってわけでもないのよ。彼女、夜になると墓地に出掛けていって、よその家のお墓に勝手に花を供えるの。花は植物園の花壇から盗ってきたものだって、そう言ってた」

「早川さんがそう言ったの？」

そうよ、と彼女は言った。厚ぼったい瞼に覆われた彼女の細い目が、すっと大きく開かれる。

「幼いうちに死んだ子供のお墓を探して、そこに花を供えるんだって。堕ろした自分の子供の代わりに」

「そう……」

「あの子には気を付けた方がいいわよ。そうやっていろいろとあったから、けっこう大変なのよ」

「きみは？」

彼女は少し驚いたような表情を見せ、それから声を落として言った。

「そうね。わたしも苦労してるわ。でも、楽しい？　見捨てることはできないし」

うん、とぼくは頷き、そのあとで、楽しい？　と彼女に訊ねた。

一瞬にして彼女の顔が強ばるのがわかった。

ぼくはもう一度、楽しい？　と彼女に訊いた。

なんで、と彼女は言った。

「そんなことを訊くの？」

さあ、とぼくはかぶりを振った。

「わからない」

ぼくは彼女に、おやすみ、と言った。

いい夢を、とは言わなかった。彼女はきっといつだっていい夢を見ているだろうから。

この日を最後に、夜の町に早川の姿を見かけることはなくなった。

あの友人が早川になにかを言ったのかもしれない。ぼくについたのと同じような嘘を（ぼくはあの女子生徒の言葉を少しも信じちゃいなかった）。もしかしたら、ぼくが早川にうんざりしてるんだというようなことを吹き込んだのかもしれない。

早川はひどくつけ込まれやすい人間だった。ひとは彼女の良心に針を刺す。それが一番有効なやり方だと知っているから。

秋が終わり、まもなく冬が来ようとしていた。

ぼくらは最後の繋がりさえ失いかけていた。

ある日、早川が長い髪をばっさりと切り落とし、少年のような姿で登校してきた。

彼女の目は深く落ちくぼみ、僅かに残っていた頬の膨らみも、ほとんど消えてしまっていた。

ぼくはいつだって彼女を見ていた。だから、誰よりも先に気付いていたと思う。もう彼女の限界が近いってことに。

ぼくは手紙を書いた。とても長い手紙だ。彼女の存在に初めて気付いたときから、今日のこの日まで、どんな思いを抱えて過ごしてきたか。どれほど彼女のことを大事に思っているか。

好きです、とぼくは綴った。これはぼくにとっては重大なルール違反だった。誰かと深く関わり合うことは、ぼくの本能に反することだ。恋だけが例外なんだろうか、とぼくは思った。自分の領域に深く立ち入ることを相手に許し、自らもそれを願う。とても不思議な感情だった。なにか危険なことに立ち向かおうとしているみたいに、胸がずっと騒いでいた。

最後にぼくは、もしきみが真実に気付いて、ぼくの気持ちを受け入れてくれるのなら、三日後の満月の夜に赤道儀室で会いたい、と書いてペンを置いた。

いろいろ考えた末、手紙は直接手渡すことにした。郵送では間に合わないかもしれないし、本人に届かない可能性があった（継父の検閲をぼくは恐れた）。彼女の机や下駄箱も危険だった。生徒たちは日常的にそこに様々な物を放り込んでいた。

帰りのホームルームが終わると、ぼくは真っ先に教室を飛び出し、早川が住む都営住宅に向かった。先回りして彼女を待つつもりだった。学校の近くでは他の生徒に見られてしまう。それも避けたかった。

公園のブランコに座り、通りを眺めているとやがて早川の姿が見えてきた。自分の爪先に視線を落とし、ゆっくりとした足取りで歩いてくる。剝き出しになった首の白さがなんだか痛々しかった。

ぼくは立ち上がると彼女に向かって歩いた。ぼくの影に気付いた早川が顔を上げ、井上くん、と小さく呟いた。

「大丈夫?」とぼくは彼女に訊ねた。

早川はゆっくりと目を閉じ、また開いた。

「大丈夫よ」

彼女は言った。

ぼくは鞄から手紙の入った封筒を取り出し、彼女に差し出した。

「あとで読んで」

早川はなにも訊かなかった。黙って封筒を受け取る。

胸になにかが込みあげてきて、ぼくは泣きたくなった。なぜだかはわからない。ぼくはすごく哀しくなった。

「本当に大丈夫？」とぼくは彼女に訊いた。

早川は静かに頷き、ぼくの手紙を両手で持ち胸に当てた。

「ありがとう。ほんとにありがとね」

そう言って彼女は微笑んだ。柔らかな笑顔だった。

「じゃあ、また」と彼女は言ってぼくに背を見せ歩き出した。

ぼくはその場に佇んだまま早川の後ろ姿を見送った。

夕日が彼女の背中をオレンジ色に染めていた。ひどく儚《はかな》い、束の間の夢のような情景だった。漂う霧に映された幻灯機のおぼろな像のように、それはわずかな風ひとつで掻《か》き消されてしまいそうだった。

ぼくは追いかけて彼女の手を取りたいと思った。強引に引き寄せ、なにもかもがうまくいくよ、と言ってあげたい。その小さな魂をぼくの両手で包み護ってあげたい。

けれど、このときもまた、ぼくは立ち尽くしたままなにもできなかった。

彼女は一度も振り向かず、そのまま煤けたドアの向こうへと消えていった。

満月の夜、ぼくは拭いきれない不安を抱えたまま家を出た。この二日、早川は学校に来ていなかった。理由はわからない。

十一時過ぎにぼくは赤道儀室に着いた。月には雲がかかり、あたりは闇の底に沈んでいた。風が強く、木々の梢が激しく鳴っていた。どこか遠くでサイレンが鳴り、それに応えるように犬たちが遠吠えを繰り返した。ぼくはナイロンパーカーのフードをかぶり、自分の身体を両手で抱くようにして寒さをしのいだ。

約束の時間が近づくにつれて、不安はさらに募っていった。悪い想像ばかりが膨み、そのたびにぼくの胸にうずくような痛みが走った。風は鳴りやまず、厚い雲が重く低く流れていった。

早川は不意に現れた。

赤道儀室を背に、彼女はぼくのすぐ近くに立っていた。

「井上くん?」と彼女は言った。紺色のダッフルコートを着た彼女は、顔以外がすべて闇に溶けて、まるでその哀しげな表情だけがそこに浮かんでいるかのように見えた。

「手紙読んだよ」

囁くような声だった。

「うん」

「とても嬉しかった。わたし自分が感じていた以上に幸せ者だったんだなって、そう思った」

わたしも好きよ、と早川は言った。

「井上くんは、わたしが生まれて初めて好きになったひと」

「うん……」

「もっと早く、こんなふうに知り合いたかった……」

なんで？　とぼくは言った。

「なんでそんなことを言うの？」

早川は哀しげな笑みを浮かべ、かぶりを振った。雲が切れ、月灯りが地上を照らす。

彼女には影がなかった。

ありがとう、と早川は言った。

「それだけが言いたくて、わたし来たの」

ぼくは手を伸ばし彼女の頰に触れてみた。不思議なことに、彼女の頰はとても温かく感じられた。触れた肌を通して、ぼくは多くのことを感じ取った。彼女の哀しみ。不安。痛み。そして悦び。

夜の町を歩くぼくらが見えた。触れ合うほどに頰を寄せ合いながら、ぼくらは微笑んでいた。出逢えた悦びに胸を打ち震わせながら、ふたりはささやかな幸福を嚙みしめていた。ぼくらは永遠の子供だった。悪意から逃れ、夜の闇にふたりだけの居場所を見つけ出した。得るのではなく、失うことで、ぼくらは美しさの意味を知った。ふたりは孤立していたけど、少しも孤独じゃなかった。

さよなら、と早川が言い、ぼくは、また会える？　と彼女に訊いた。

彼女は優しく頷き、そして静かに去っていった。

いつのまにか風が止み、夜空一面に星が輝いていた。

早川は約束の時間の少し前に息を引き取っていた。

天文台に向かう途中にあるバス停のベンチに横たわる彼女を見つけたのは、夜間トラックの運転手だった。初めは眠っているのかと思った、と彼は言った。なんだか嬉しそうな寝顔に見えたんだ。手に封筒を握りしめて、どこか楽しい場所に向かうバスを待っているみたいだった。

なぜ彼女が死んだのか、ぼくは理由を知らない。もともと身体が弱かったのだという話は聞いたけど、具体的なことは家族以外の人間にはまったく知らされなかった。

あのとき、彼女が見た幽霊は自分自身のこだまだった。約束の場所へ向かおうとする心は時を超えて、波紋のように広がった。自分の姿を幻視した人間は、遠くないうちに最期を迎えると言うけれど、結局、彼女もその通りになってしまった。

あれからも何度か夜の赤道儀室に行ってみた。でも、彼女の姿を見たことはない。あの日々が遠ざかるにつれ、記憶は徐々に薄れていく。けれど感情は——あのとき感じていた痛いほどの思いは、いまもまだ胸の内にある。初めての恋だった。こんなふうに誰かを好きになることは、もう二度とないのかもしれない。

早川、きみが恋しい。

花の呟き

1

不思議なことに、わたしは二十七のこの歳になるまで恋をしたことがなかった。十三のときに一度だけそれに近い感情を抱いたことはあった。相手は同級生で、彼はひどく風変わりな男の子だった。

瘦せっぽちの貧相な身体。髪はいつだって寝起きのようにくしゃくしゃに丸まっている。

彼は施設の子供だった。学校のすぐ近くに、何らかの事情で親とは一緒にいられない子供たちを預かる施設があって、彼は幼い頃からずっとそこで暮らしていた。

そのせいなのかどうかはわからないけれど、彼は独特なやり方で級友たちと接していた。彼は誰と話すのでもいつでも敬語を使った。芝居めいた慇懃《いんぎん》さと堅苦しさ。ほとんどの子供はそんな彼を奇異の目で見ていたが、わたしにはすぐにわかった。これは彼が築いた緩衝壁なんだ。ひととの軋轢《あつれき》を避け、同時に自分の領域に他人を踏み込ませないための透明な壁。

彼はひとを恐れている。それは自信のなさから来る恥じらいや気後れとは違う。もっと根深い本源的な感情。ひとという種に対する強烈な違和感。

彼はわたしに似ている。切ないくらいに。わたしたちは星からの訪問者だった。見知らぬ土地にひとり降り立ち、心細さにうち震えている。

自分が余所者《よそもの》であるという感覚。自分はたんなる傍観者であり、決して彼らと交わることはない。けれどそれは哀しいことではなく、わたしたちにとっては当たり前のこと。わたしたちは森や空や星を見つめ、美しい鉱物や落ち葉の下に暮らす虫たちの声に耳を傾ける。

彼とは一度も言葉を交わしたことはなかった。でも、クラスが一緒だった一年間、わたしはずっと彼の繊細な横顔を見ていたような気がする。

理由もなく引き寄せられる。気付くと目が彼を追っている。わたしは彼を見つけ出すのがずいぶんと上手になった。

学年が変わる頃、彼は行ってしまった。遠い町。叔父さんが迎えに来るんだ、と彼は嬉しそうに言った。みんなのこと忘れないよ。

けれど、彼はきっと忘れるだろう。彼は自分の世界しか見ていない。彼が男でわたしが女だからなのだろうか？　この仄かな思いは、わたしだけの一方的な感情で、彼はそれに気付いてさえいなかった。

その後、彼と会ったことはない。

いまでもときおり彼の夢を見る。それはまるで懐かしい記憶のようにわたしの胸を締めつける。もしかしたらあったかもしれないもうひとつの過去。夢の中で彼とわたしは微笑みを浮かべながら語り合う。幸福なひととき。

2

中学を出たわたしは私立の女子高に進学した。そのまま同じ系列の女子大に進み、そこで司書の資格を取った。本のそばで暮らしたかった。わたしは紙とインクの匂いを愛していた。わたしは物としての本を愛《め》でていた。

卒業したわたしは上京すると、郊外にある大学の図書館に就職した。

庭のある生活を望んでいたわたしは、少しばかり無理をして古い一軒家を借りることにした。駅からずいぶんと離れていたから、家賃は思っていたほどには高くはなかった。

わたしは庭に草花を植え、鳥たちのための餌台を置いた。緑が多い土地柄で、ここではわたしが暮らしていた町よりもよほど多くの野鳥の姿を見ることができた。

毎朝、わたしはバスを使い自分の職場である大学に通った。似たような人間が集まっていたのか、煩わしく感じるような人付き合いもなく、日々はごく穏やかに過ぎていった。

週末になるとわたしは家の近くにある植物園に出かけ、一日中そこで過ごした。お弁当と一冊の本を携え自転車を走らせる。植物園まではほんの十分ほどの道のりだった。

本園と道を挟んだ向かいにある別園は週末でも人影がほとんどない。そこで好きな小説を読むのがわたしの楽しみだった。贅沢な時間。ハーブや花の匂い。風に揺れる木立。遠くから聞こえてくる子供たちの笑い声。

ときには部屋でピアノを弾いて過ごすこともあった。小さな電子ピアノ。小説と音楽、そしてときおり絵を描くことでわたしの個人的な時間は過ぎていった。誰かと交わりたいという欲求はあまり感じなかった。幼い頃からひとり遊びが好きだった。一対一ならまだいいのだけれど、何人ものひとたちと一緒になると、わたしはどうにも疲れてしまう。同僚の男性や男子学生たちから食事の誘いを受けることもあったが、わたしはそのすべてを丁重にお断りしていた。

そんなふうにして、最初の五年が過ぎ、おそらくは次の五年も同じように過ぎていくのだろうとわたしは思っていた。わたしは変化を嫌っていた。毎日がいつもと変わりなく過ぎていくことを願っていた。けれど――

3

その日、わたしが植物園に行くと、すでに先客がいた。

ハーブ園の中央に置かれたベンチ。いつもはわたしが座るその場所にひとりの男性が座っていた。おそろしく痩せている。生成りの長袖シャツに綿のズボン。太く黒い髪が渦を巻きながら小さな頭を覆っている。頰と顎を覆う髭もまた髪と同じように細かな渦を描いていた。

一瞬、ほんの一瞬だけ、中学のときに一緒だったあの彼が、年を経てふたたびわたしの前に姿を現したのではないかと、そんな痛みにも似た思いが胸を掠《かす》めた。けれどすぐに自分でそれを打ち消す。そんなことはありはしない。そんな都合のいい偶然なんて。

彼は一心に絵を描いていた。小さなスケッチブック。手にしているのはボールペンかもしれない。ときおり目をつぶり、ぶつぶつとなにかを呟いている。そしてふたたび目を開けると一気にペンを走らせる。あらかじめ決められている線をなぞるみたいに、なんの迷いもない。独特な描き方。

わたしは大きく迂回して、そっと彼の背後に回った。あまり近付きすぎないように気を配りながら、スケッチブックを覗き見る。

意外なことに、そこにあったのは彼がいま目にしている光景とはまったく違う世界だった。鄙《ひな》びた里山の風景。山に囲まれた小さな集落。驚くほど緻密で、まるでモノクローム写真のように見える。

ひどく不思議に思えたけれど、声を掛け訊ねるわけにもいかず、わたしはそのままハーブ園をあとにした。藤棚のベンチに腰掛け、バッグから本を取り出し読み始める。でも、いつものように集中できない。

彼のことが気になる。どんなひとなんだろう？　勤め人のようには見えなかった。プロの絵描きさん？　なぜ、ここではなくあの場所を描くの？　あまり健康状態が良さそうには見えなかった。どこで暮らしているんだろう。奥さんはいるんだろうか？

どうしても気になって、一時間ほどしてからまた戻ってみた。けれど、彼の姿はもうそこにはなかった。

思わず溜息が零れ出た。

わたしは自分でも意外に思うほど落胆し、後悔していた。声を掛ければよかった。もう、二度と会えないかもしれない。それが残念でならない。

およそわたしらしくない感情だった。こんなにも他の誰かに執着するなんて。

4

翌週の休みの日に、ふたたびわたしはあのハーブ園に行ってみた。期待はしないことにした。あれからもう一週間が過ぎている。

案の定、ハーブ園に彼の姿はなかった。わたしはひとり頷き、この結果を受け入れようとした。失望はないはず。期待していなかったのだから。けれど、胸には疼《うず》くような小さな痛みがあった。

わたしはベンチに腰を下ろす気にもなれず、さらにその奥の小径へと足を踏み入れた。誰もいない世界。木々のざわめき。幾千もの蝶のように木漏れ日が踊る。

わたしは大きく息を吐き、胸の底に淀んでいた感情をそっと逃がした。たった一度見かけただけなのよ、とわたしは自分に言い聞かせた。わたしはあのひとの声さえ知らない。落胆するのはよしなさい。あなたらしくないわ。

薔薇の香りがわたしを包む。秋の薔薇は芳しい。百合の樹の木肌に触れ、その感触に心和ませる。そう、わたしはずっとひとりで生きてきたのだから、誰かを求めるなんておかしい。でも――

わたしはいつの頃からか、ずっとあるひとつの考えを胸の中に棲まわせていた。ある種のひとたちは、生涯にたった一度だけ恋をするように定められ生まれてくる。血に織り込まれた宿命。二度目はない。もしその恋がかなわなければ、彼は――彼女は残りの人生を、その思いを抱きながらひとり孤独に生きていくことになる。それはおそらくひとと関わり合うための機能と関係している。彼らは――そしてわたしは――あきれるほどにシンプルに出来ている。究極まで単純化された人間関係。恋は一度だけ。

だからわたしたちは、傍から見るとひどく奥手な人間のように見える。同じ匂いを持つひとが現れるのを待ちながら、そっと息を潜め影のように暮らしている。それは本人さえも気付かない、生まれながらに定められた業《ごう》のようなもの。

一生に一度の恋。わたしもいつか――

同じ匂いを持つ誰かと出逢えば、そのときはきっと気付くはず。このひとだと。理由なんてない。それは魂に刻まれた符牒なのだから。

藤棚の下に、前の週にわたしが座っていたその場所に、あのひとがいた。あのときと同じようにスケッチブックに向かい、一心にペンを走らせている。

胸の奥に熱を帯びた痛みが走る。刺すような強い感情。

わたしは少し離れた場所で足を止め、息を詰めそっと彼の姿をうかがった。中学のときに一緒だったあの少年とやっぱりどこか似ている。胸が騒ぐのはそのせい？

よく見ると、彼のこめかみに赤黒い瘡蓋《かさぶた》のようなものがある。先週見かけたときには気付かなかった。怪我をしたんだろうか？

声を掛けたいという思いは募る一方だったが、わたしはそこから動けずにいた。考えてみれば、この人生の中で、わたしが自分から見知らぬ誰かに話しかけたことなんて数えるほどしかない。わたしは街で迷子になっても、ひとに道を訊ねることさえできない人間だった。

おそらく十分か十五分はすぎた頃、彼がふいにペンを止め、スケッチブックを閉じた。軽く顎を上げるようにして息を吸い、なにかを味わうような仕草を見せると、彼はおもむろに立ち上がった。わたしは慌てて木立の陰に身を隠したが、たいして意味のない行為だったかもしれない。彼は自分の内より外には意識がほとんど向いていないように見えた。彼の世界は心の中にあるのかもしれない。目覚めながら夢を見続けるひとのように。現実をなおざりにしながら。

ゆっくりとした足取りで彼は歩き出した。わたしは少し離れて彼を追いかけた。気付かれずについていくのは簡単だった。彼は一度も振り返らなかった。その日に世界が映っていたかどうかも怪しい。

彼は小学校の裏手を進み、バス通りを渡ると車も通れないような細い道をそのまま進んだ。農場の深い緑を見下ろす小径を歩き、やがて高速道路に架かる跨線橋に出る。彼はそこでも止まらずにさらに先へと進んだ。あたりに人影はなく、もし誰かが見ていたら、彼の後ろをつけていくわたしの姿は、ひどく怪しく映っただろう。

彼はやがて森の奥へと続く細い道に入った。かなり勾配のある下り坂だった。下りきったところは鬱蒼と樹木が茂る薄暗い空間で、わたしは少しだけ不安になった。彼はわたしに気付いていて、わざとこんなひとけのない場所に誘い込んだんじゃないだろうか？

けれど、それでもかまわない、という大胆でふてぶてしい思いもどこかにあった。

なにかに突き動かされていたわたしは保身の本能をどこかに置き去りにしてしまっていた。わたしの中の優先順位が大きく入れ替わり、わたしは普段よりもよほど恐いもの知らずの人間になっていた。

ようやく彼が立ち止まった。どうやら、ここが目的の場所らしい。とても人家があるようには見えないけれど。

彼はここで初めてあたりを見回すと（わたしはすぐに樹木の陰に隠れた）、そのまま草むらの中へと分け入っていった。よく見ると、キャンプに使うような草色のシートが木と木のあいだに張られてあって、その下には彼の荷物らしきものが置かれてある。ここで暮らしているんだろうか？

彼は草むらの中に腰を下ろすと、そのまま静かになった。

しばらく待ってみたが、なんの気配も伝わってこない。

もしかしたら彼はかなり具合が悪いのかもしれない。あの夢見るような足取り。こめかみの赤黒い瘡蓋。いやな予感が胸に広がる。

わたしは彼の気配を探ろうとさらに近付いた。

そこは木立が途切れ、ぽっかりと開いた小さな広場のようなところだった。わたしの姿を隠すものはなにもない。わたしはワンピースの裾を両手で摑み、その拳を腿で支えるようにして腰を屈め、そっと木立の奥の気配に耳を澄ませた。彼の荒い息や咳き込む音が聞こえるのではないか。そんな不安を覚えながら、息を詰め耳をそばだてる。

なにも聞こえない。さらに一歩前に踏み出し、同じように様子をうかがう。ひどく静かだった。それがまた不安を掻き立てる。

そこからさらにもう一歩前に出ようとしたところで、ふいに彼が上体を起こし、こちらに顔を向けた。

ふたりの目が合う。距離は五メートルもない。

一瞬、彼は怯えた表情を見せたが、すぐに緊張を解き、くつろいだ声でわたしに訊いた。

「なに？」

微かに嗄れた細い声。

あの、とわたしは言った。

「うん？」

「大丈夫ですか？　その、頭の怪我……」

「怪我？」

わたしは頷き、身振りで彼に怪我の場所を伝えた。彼はそっと自分のこめかみに手をやりその感触を確かめると、匂いを嗅ぐように指先を鼻に近づけた。

「血だ……」と呟く。

「気付いてなかったの？」

彼は怯えたような表情を見せ、小さく頷いた。

「何度か子供たちに襲われたことがあった……」

「子供？」

「十四、五歳の子供たちが、何人もでやってきて棒で殴る」

でも、と彼は言った。

「これは、覚えてない」

痛くはないの？　と訊ねると彼はかぶりを振った。

「痛くない」

「目眩《めまい》とかはない？」

少しだけ、と彼は言った。

「食事は？　ちゃんと食べてるの？　お金はあるの？」

「食事……」

彼は難しい問題に取り組む生徒のような表情で懸命に考えていた。もしかしたら記憶に障害が生じているのかもしれない。

「お金は持ってる」

ずいぶんと経ってから彼は言った。薄汚れたキャンバス地のバッグをわたしに見せ、ジッパーを開くと、中から数枚の紙幣を取り出した。

「ほら」

「なにか仕事を持ってるの？」

彼はかぶりを振った。

「仕事はしてない。旅をしてる」

「お金もあるのに、なぜこんなところに？」

彼はしばらく考えたあとで、どこか申し訳なさそうな顔でわたしを見た。

「わからない。やなんだ、ひとと一緒になるのは。だから、多分——」

わたしは頷き、そうね、と彼に言った。

「大きな理由よね。それって」

「うん……」

会話が途切れると、彼はまた俯いてしまった。ときおりちらりと探るような視線をこちらに寄越すが、決して目を合わせようとはしない。

わたしは考えていた。でも、答えは最初から決まっていたのかもしれない。ハーブの香りに囲まれながら、無心に絵を描き続ける彼を見かけた、あのときから。

うちに来たい？　とわたしは彼に訊ねた。

彼は驚いたように顔を上げ、わたしを見た。目が合い、束の間視線が繋がった。きれいな瞳だった。なんの濁りもない深い色。

「あなたの——うちに？」

ええ、とわたしは言った。

「傷の手当てをしたほうがいいし、そこにいたらまた子供たちが襲いに来るわ。お金に気付いたら、それこそ——」

彼は忙しなく視線をさ迷わせ、何度も自分の顔に手をやった。頰髯や喉に触れ、耳たぶをつまみ、髪を掻きむしる。

「でも——」

「わたしも他のひとと同じ？　一緒にいるのが嫌？」

彼はかぶりを振った。

「ならば、来てもいいのよ。あまり深く考えないで」

彼は胸にバッグを抱きしめ、長い時間考えていた。ときおりわたしを見遣るので、そのたびに頷いてみせる。

やがて彼は立ち上がり、自分の荷物をまとめ始めた。わたしは詰めていた息をそっと吐き出し、彼の準備が整うのを待った。

5

家までは歩いて二十分ほどの距離だった。

彼はわたしから三メートルほど後ろを黙って歩いていた。あのキャンバス地のバッグと丸めたシート、それにひどく古めかしいデザインのロングコート――つまり家財一式を両手に抱え、どこか不安そうな面持ちであとをついてくる。大丈夫？　と訊くと、大丈夫、と答えるので、わたしもとくに歩調を緩めたりはしなかった。

家に着くと、まず傷の手当てをした。水で汚れを洗い流してみると、傷は思っていたよりも軽いものだった。すでにふさがりかけている。消毒液で傷を拭い、大きめの絆創膏《ばんそうこう》を貼って治療は終わった。

「身体は？　洗いたい？」

大丈夫、と彼は言った。

「いまはいい」

意外なことに彼は清潔だった。服もひどくくたびれてはいたけど、目立つような汚れはどこにもなかった。その辺は気を付けているのかもしれない。

わたしは普段クローゼット代わりに使っている、四畳半の北向きの部屋に彼を連れて行った。

「とりあえずここがあなたの場所。好きなようにくつろいで」

彼はおずおずと部屋を見回し、しばらく思案したあと、段ボールが積みっぱなしになっている窓側の小さな隙間に腰を下ろした。バッグを抱え、ゆっくりと身体を揺らしながら天井を見上げる。

わたしは少し距離を置いて座り、彼の視線が落ち着くのを待った。部屋は薄暗く、そして静かだった。

あなたは、とわたしは言った。彼がこちらに目を向ける。

「どこから来たの？」

彼は愛想よく頷いた。どういう意味があるのかはわからない。

ずっと北のほう、と彼は言った。

「北のほう？」

うん、と彼は頷いた。

「そう、ずっと北のほう」

「町の名前は？」

彼は微かに首を傾げてわたしを見た。なにかを言おうと口を開きかけ、けれどそのまま固まってしまう。

「どうしたの？　思い出せないの？」

彼は力ない笑みを見せた。

「どうしてかな？」

「あなたの名前は？」

彼は小さな声で、一郎《いちろう》、と言った。

「名字は？」

「名字？　名字は——なんだったかな？　思い出せない」

「そう——」

じゃあ、と言ってわたしは立ち上がった。

「食事を作るからここで休んでてね？　一郎さん」

彼は必要以上に多く頷き、それから耳の下あたりを指で掻いた。

はい、と彼は言った。

「ここにいます」

6

彼はあまり食べなかった。遠慮しているふうではなかったから、それが彼のもともとの量なのかもしれない。

おいしい、と彼は言った。

「そう？　よかった」

畳の間に置かれた小さなお膳を挟んで向かい合うようにして座り、わたしたちは黙々と食事を続けた。彼は左手で箸を使った。それが理由なのかどうなのかはわからないけど、彼の箸使いはひどく拙かった。ぽろぽろとこぼしてばかりいる。

「いつから、あそこにいたの？」

そうわたしが訊ねると、彼は箸を止め顔を上げた。箸の先から米粒の固まりが落ちる。

「一ヶ月ぐらい前から……」

「植物園で絵を描いていたでしょ？」

眩しそうな目で彼がわたしを見る。

「あそこにわたしもいたの。あなたを見ていた」

彼は微かに笑みを浮かべ、静かに頷いた。

あの場所は、と彼は言って、なにかを表そうとするかのように、顔の両側で指を忙しなく動かした。手に持った箸がタクトのように大きく揺れていた。

「なに？」

花、と彼は言った。

「花？」

「そう、花。あの場所は、花たちの呟きに満ちている……」

彼は両手を耳に添え、なにかに聞き入るような仕草を見せた。

「呟き——匂いではなく？」

彼は頷いた。

「言葉ではない言葉で」

「あなたはそれを聞くのね？」

「そう、聞く」

彼は嬉しそうに笑った。

あの子たちは、とわたしは言った。

「なにを話すの？」

「なにって——」

「ええ」

「うまく言えない。言葉じゃないから。気持ちに近い。懐かしいとか、哀しいとか、そんなもの」

「そうなの……」

その声をわたしも聞けたら、と思った。花たちの呟き。あの子たちとなら、心を通い合わせることができるかもしれない。

ぼくの村も、と彼は言った。

「あんなふうににぎやかだった。花や木が、みんなぼくに語りかけてきた」

「あの絵は、あなたの故郷の風景なのね？」

彼は頷き、窓の外に目を遣った。

「どれだけ離れても、村はすぐそこにある。何度も、何度も、ぼくは立ち返る。ふとした瞬間に、なんの前触れもなく故郷の光景が蘇る。ぼくはふるさとの村とともに暮らしているんだ……」

7

夜が更けると彼はそわそわと落ち着かないそぶりを見せるようになった。荷物を胸に抱き、何度も腰を浮かしかける。

わたしは彼に言った。

「いいのよ。この夜の闇の中へあなたを追い出すつもりはないわ。ここで眠って」

彼はわたしを見つめ、それから小さくかぶりを振った。

「でも――」

「あなたにやましい気持ちがないのなら、なにも気にすることはないわ。そうでしょ？」

彼は視線を落とし、しばらくのあいだ黙って考えていた。やがて顔を上げると、掠れた声でわたしに訊ねた。

「なんで？」

「うん？」

「なんで、こんなに親切にしてくれるの？」

彼の戸惑いはもっともだった。むしろこの状況で怯えていたのは彼のほうだったかもしれない。

あなたが、とわたしは言った。

「一郎さんが、わたしの知っていたひとによく似ているの。もうずっと昔に会ったきりのひとだけど」

「友達？」

わたしはかぶりを振った。

「違うわ。ただの同級生。でも、友達になりたかった。友達になって、そのひとに親切にしてあげたかった」

彼はなにも言わなかった。

「そのひとが、あなただってことはないわよね？」

一縷《いちる》の望みを託して、そう訊ねたけれど、彼は静かにかぶりを振った。

たぶん、と彼は言った。

「違うと思う。ぼくはあの村以外知らない」

「そうね。そうよね」

立ち上がり、部屋を出ようとすると、彼に声を掛けられた。

「あの――」

なに？　と振りかえると、彼は幾度も目を瞬《しばた》かせてから、ほとんど消え入りそうな声でわたしに言った。

「あなたの――名前は？」

蓉子《ようこ》よ、とわたしは言った。

「芙蓉《ふよう》の花の蓉」

「蓉子……」

「ええ」

部屋を出て、後ろ手に襖《ふすま》を閉めようとすると、背後から彼の声が聞こえた。

ありがとう、と彼は言った。

「ありがとう、蓉子さん……」

わたしはそっと頷き、そのまま彼の部屋をあとにした。

8

そのようにしてわたしたちの奇妙な生活は始まった。

彼は拾われてきた猫のように、ひっそりと新しい生活に染まっていった。わたしたちはなにも取り決めなかった。いつまで彼がここにいるのか、それもわからない。明日の夕に仕事から戻ったら彼はもういないかもしれない。そんな不安をわたしはつねに感じていた。

彼の言葉が真実なら、記憶障害はかなり深刻だった。頭を打たれたことが原因なのか。病院に行くことを勧めたい気持ちはあったが、わたしはそのことを彼に言えずにいた。その一言が彼を追い詰めるかもしれない。彼は謎だった。わたしが口にできる言葉は限られていた。

故郷の風景はあれほど細かに思い出せるのに、それがなんという村で、どこにあるのか、彼はそのすべてを忘れてしまっていた。親がどんなひとたちで、自分がなにをして暮らしていたのか、そんな基本的なことさえ彼は思い出すことができなかった。気付いたときには彼はすでに旅人だった。彼は南を目指し歩いていた。なぜ南なのかもわからない。

遡れる記憶は三年ほど前までの出来事に限られていた。それ以前に起きたことは前世の記憶のように夢や幻想と混じり合い、現実としての重みを失っていた。

彼は自分が何歳なのかもわからないようだった。髭を剃り落としてみると、思いのほか幼い風貌がその下から現れてきたが、それでもわたしより年下ということはなさそうだった。同い年かひとつ上。あるいはふたつ上。そのぐらい。

彼との生活は楽しかった。誰かがつねに自分のそばにいるのはとても奇妙な感覚だった。こんな暮らしが可能だとは思っていなかったし、ごく自然にそれを受け入れている自分に驚いてもいた。不思議なほどわたしは彼に馴染んでいた。

わたしが働きに出ているあいだ、彼は植物園やそのまわりにある森に出向き、そこで日が暮れるまで絵を描き続けた。絵を描くこと、故郷の風景を紙の上に再現することが彼の生活のすべてだった。失われた記憶の代償なのだろうか？　彼が思い出すことのできる唯一確かなもの。その風景の中にひとの姿はない。村は奇妙なほどの静けさに包まれていた。

彼の絵を見るとわたしは決まってひどく切ない気持ちになった。感傷と郷愁。彼が描く里山の風景は見る者に追憶を促す。とめどなく蘇る幼い日の記憶。懐かしさで胸が潰れそうになる。

彼のバッグの中には、これまでに描いた数十枚の絵が無造作に放り込まれてあった。スケッチブックから切り取られたA4サイズの画用紙。どれも黒インクのボールペンで描かれている。

「これをどうするの？　いつか個展でも開きましょうか？」

そう訊いても、彼は戸惑いの表情を浮かべ、ただ首を振るばかりだった。

「わからない。ただ、描きたいから描いてるだけなんだ。ひとに見せたことはない」

「じゃあ、わたしがたったひとりの鑑賞者なのね？」

彼は黙って頷いた。

「光栄だわ。あなたの絵はすごいもの。いつか有名な画家さんになるかもしれないわね」彼は笑みを見せたが、なにも言わなかった。

彼には欲が――少なくとも普通の人間が持つような欲望がないのかもしれない。そんなふうに感じることがたびたびあった。

彼は最初の夜に、バッグの中の紙幣をすべてわたしに預けると言った。自由に使って。

当面の食事や寝床の対価としては充分すぎる金額だった（お金は全部で七十万円ほ

どあった)。彼は自分の財産を持て余しているように見えた。彼はまるで通貨の概念のない国から来た人間のようだった。

わたしはとりあえず預かることには同意したが、その一切に手をつける気はなかった。仔猫ほどにしか食べない同居人は、まったくと言っていいほどお金が掛からなかった。

彼は自分を飾ることを知らず、そもそも他者性というものをほとんど持ち合わせていなかった。虚栄心や羨望とも縁がなく、彼はその分とても自由に見えた。

性の問題は謎だった。無性的な人間に見える瞬間があり、そんなときの彼はまるで十歳の子供のように無垢で、それを気にするわたしのほうがよほど自意識過剰で汚れた人間のように思えてしまうのだった。そんなわけで、わたしは時とともに警戒を解いてゆき、やがては彼の前でずいぶんと大胆な振る舞いも(背を向けてブラウスからTシャツに着替えるとか、風呂上がりに極端な薄着で彼の前を通り過ぎるとか)できるようになった。

彼は慎み深く、いつでも遠慮がちに振る舞った。風呂はわたしが出かけている昼間に使っているようだったが、その痕跡はほとんど残されていなかった。

髪は自分で切っているようで、ふと気付くと彼の髪型が変わっていることがたびたびあった。よく見ればずいぶんと不揃いなのだけれど、ゼンマイのように丸まっているので、ほとんど目立たない。

カミソリを使うと必ずと言っていいほど頬を傷つけてしまうので（彼は驚くほど不器用だった）、髯もハサミで切っていた。なので彼の頬にはつねに五ミリほどの髯がうっすらと残っていた。

彼は誰にも似ていなかった。そのことがわたしは誇らしく、同時に不安でもあった。彼がいなくなったら、もう二度とわたしはこんなひとには出逢えないだろう。かけがえのない、たったひとりのひと。

恋なのかどうかはわからない。わたしは彼の純粋さに惹かれ、その無垢な魂を守りたいと願った。母が幼い子供を見守るように、妹が覚束ない兄を支えるように。

彼は失われゆく一族の最後の生き残りなのかもしれない。そんなふうに思うこともあった。彼は孤独で、この世界のどこにも自分の居場所を見出せずにいる。

わたしがあなたの故郷になれたら——

口には出さず、そっと彼の背にそんなふうに囁いてみることもあった。

彼の知らないわたしの思い。いつか届く日が来るのだろうか？

9

週末はたいていふたりで植物園に出かけた。彼が絵を描いているあいだ、わたしはベンチに座って小説を読んだ。

季節は秋から冬に向かっていた。日に日に木々は葉を落とし、その分空が広く高くなっていくように感じられた。

わたしは彼が背を丸め一心にペンを走らせている姿を眺めるのが好きだった。没頭すると彼はわたしがいることも忘れ何時間でも絵を描き続けた。

持ってきたお弁当を食べるのは、だからいつも昼をずいぶんと過ぎてしまってからのことになった。

あるとき、おにぎりを手渡そうとして、彼の指にわたしの指が触れた。ほんの一瞬の、あるかなきかの冷たい感触。それでも彼は怯えたように身を竦《すく》め動きを止めた。ひと息分の不自然な間があり、それから彼は慎重な手つきでわたしからおにぎりを受け取った。

わたしは動揺を圧し殺し、冷たい指、と彼に言った。今度セーターを買いにいきましょう？　彼は気前よく幾度も頷き、おにぎりを頬張ると、おいしい、と言った。

なにげない出来事ではあったけど、わたしは傷ついていた。そして、そう感じることが無意味であることもわかっていた。

彼はわたしを拒絶したわけではない。彼はきっと誰に触れられても同じように身を竦めるのだろう。森から無理矢理連れてこられた野生の獣のように。

それでもわたしはしばらくのあいだ機嫌を損ねていた。自分の感情を極力抑えながら、同時にわたしはこの胸の内の小さな嵐を彼に気付いてもらいたいと願っていた。どうしたの？　と彼が訊いたなら、なんでもないわ。もういいのよ、とわたしは答えただろう。

けれど彼は気付くはずもなく、すべてはわたしの空回りとなった。

10

その次の週にわたしたちは街に出かけ、彼のセーターを買った。北の国の漁師が着るような、素朴で丈夫そうな生成りのセーターだった。人混みに戸惑う彼が気の毒になり、買い物は早々に済ませて、わたしたちは近くの公園に向かった。坂道にあるコーヒーショップでサンドイッチを買い、公園のベンチに座り池を眺めながらふたりで食べた。

まわりのひとたちの目にわたしたちはどんなふうに映るのだろう？　ふとそんなことを思った。

あまり気温の上がらない日だったので、彼は買ったばかりのセーターをさっそく身につけていた。しきりに襟のタグを気にするので、持っていた裁縫セットの小さなハサミで切り取ってあげると、彼は、楽になった、と悦んだ。

長身で痩軀《そうく》の彼に厚手のセーターはよく似合っていた。わたしは葡萄色《ぶどういろ》のハイネックセーターにデニムのロングスカートという格好だった。わたしも女性の中では長身なほうで、彼に劣らず痩せていたから、はたからはもしかしたら兄妹のように見られたかもしれない。

「わたしたち――」

そう言いかけて、言葉を止めると、なに？　と彼が訊ねた。

わたしたち恋人同士に見えるかな？　そう訊いてみたかったけど、彼が困る顔が目に浮かんだので、なんでもない、とわたしは答えた。

池のほとりは若い恋人たちでいっぱいだった。腕を組み楽しそうにおしゃべりしながら歩くふたり連れ。彼らは色を失いつつある公園に飾られたきらびやかなオーナメントのようだった。華やかでにぎやかで、愛らしい。わたしはひとり硬い笑みを浮かべながら、そっと溜息を吐いた。

隣で彼がなにかを言いかけたので、どうしたの？ と訊ねると、公園の木が、と彼は言った。

「木？」

そしてわたしはすぐに気付いた。

「なにかを囁いているのね？」

彼は黙って頷いた。

「なんて、言ってるの？」

彼は空を見上げ、冬が、と言った。

「ええ」

「もうすぐ冬が来るって、そう囁いている」

「そう……」

わたしは彼が眺めている西の空に目を向けた。薄墨で描いたような鉛色の雲が低く重く垂れ込めていた。

「寒くなるわね」

「うん」

もう帰りましょう？　そう言うと、彼は頷きおもむろに立ち上がった。

わたしの目の前で彼の細い腕が静かに揺れていた。

恋人同士のように――

わたしはささやかな誘惑を断ち切り、勢いよく立ち上がると彼に言った。

「さあ、行きましょう」

11

三ヶ月が過ぎても彼の記憶に変化はなかった。本当に思い出せないのか、ただ忘れたふりをしているだけなのか、わたしにそれがわかるはずもなかったけど、彼はたしかにそのことで苦しんでいるように見えた。

村に帰りたい、と彼は言った。この町はぼくの場所じゃない。

その言葉を聞くたびにわたしは哀しい気持ちになった。わたしに彼を繋ぎ止めることはできない。故郷への道を思い出したなら、彼はいますぐにでもこの家から出て行ってしまうだろう。

12

仕事の合間に記憶に関する文献を調べていたわたしは、アメリカの脳神経学者が書いた本の中に彼によく似た症例を見つけた。

家に帰って話すと、彼も興味を持ったようだった。

「ぼくに似ているね」と彼は言った。

「ええ、そうね。このひとはイタリアにある故郷の村を出てアメリカに渡ったの。そこで一時重い病を患ってしまう……」

「うん」

「高熱を出して、錯乱状態に陥ったってあるわ」

でね、とわたしは続けた。

「ここからが大事なところ。そのまま読むわよ」

「うん」

「『はっきりしているのは、重態に陥ったとき、脳が興奮と熱に冒されたためか、来る夜も来る夜も異常に鮮明な夢を見続けたことだった。彼は、毎晩ポンティトの夢を見た。家族の夢でもなく、なにかをしている夢でも、なにかの出来事の夢でもなく、通りや家々、建物の石組み、あるいは石そのものの夢である――』。このひとは、目覚めたあとでも、まだ夢が継続しているみたいに、目の前にありありと故郷の風景を見ることができたんだって」

「夢……」

「一郎さんにもこれに近いことがあったのかもしれないわね。高熱を出したとか、じゃなければこのあいだみたいに、どこかの町で子供たちに襲われて頭を打ったとか」

どうかな、と言って彼は自分の頭を手でさすった。

「そんなこと、あったのかな……」

「なにか、思い出すことはある？」

そう訊くと、彼はそっとわたしから目を逸らし、窓の外の宵闇を見つめた。

わからない、と彼は言った。

「なにか、とても大事なものをなくしてしまった。そんなふうにいつも感じている。それを思い出せたらと思うんだけど――」

「それって、ものではなく大事に思ってたひとってことはないの？」

たとえば恋人とか――言葉には出さずに、わたしは彼にそう問いかけた。その悲しみから逃れるために、あなたは旅に出たの？

彼は静かにかぶりを振った。

「わからない。思い出そうとすると、なにかが邪魔をするんだ。あのお金のことだって。なぜ、ぼくはあんな大金を持ってるんだろう？」

「真面目に働いて貯めたお金でしょ？」

どうかな、と彼は言った。

「なんだか奇妙なんだ。ぼくはほとんどお金とは縁のない人生を送ってきたように感じる。貧乏だとかそういうことじゃなく、お金そのものを知らずに生きてきたような……」

それはわたしも感じていたことだった。もしかしたら彼は、どこか深い森からさまよい出てきた古《いにしえ》びとなのかもしれない。草や木と言葉を交わし、獣のようにひとを疎み、森をねぐらにする。

彼はまるで永遠に時を止めた谷からやってきたお伽噺《とぎばなし》の主人公のようだった。

風が吹き、居間の雨戸を揺らした。窓の外には深い闇があった。

「毛布を出すわね」とわたしは彼に言った。

「今夜は冷えそうよ」

13

その年の暮れに、実家の兄から一本の電話があり、わたしは母が重い病にかかっているることを知った。年が明けしばらくしたら入院するという。覚悟をしておいたほうがいい、と兄は言った。もしかしたらとても早いかもしれない。

八歳上の兄とはほとんど兄妹らしい交流はなかった。物心ついた頃には、兄はもうすでに家よりも外の世界に自分の場所を見出していた。とても優しいひとだったけれど、わたしはいつだって兄を遠くに感じていた。兄には兄の場所があり、そこには妹のわたしでさえ踏み入ることが出来ない。

思えば、家族の誰もがそんなふうだったかもしれない。似たもの同士。みなそれぞれ独自の世界を持ち、孤立することを少しも厭《いと》わない。

兄は大学に残り地質学の研究者になった。いまだに独身で、わたしは兄が女性の話をするのを一度も耳にしたことがない。

父は町役場に勤めていた。かわりばえのしない仕事を淡々とこなし、週末になると山に入り岩魚《いわな》や山女魚《やまめ》を相手にひとりの時間を過ごす。いつの頃からか、山で拾った鉱物を自作の標本箱に収め、それを眺めながらビールを飲むというのが父のもうひとつの趣味となった。

兄が地質学を専攻したのは、こうした父の趣味が影響したのかもしれない。

母は、思えば自分の時間というものをほとんど持ったことのないひとだった。家事に明け暮れ（いったいどれだけの仕事があったというのだろう？）、ほとんど家から外に出ることもないまま、その人生を家族のために費やしてきた。忍耐強く、不平を言わず、他人を誹《そし》ることもなかった。

14

その夜布団に入り、母のことを考えていると、ふいに涙が溢れ出てきた。

どうということはない日常の記憶——母の鬢《びん》に一本の白髪を見つけた日のことだとか、ふたりで買い物の帰りに童謡を唄ったことだとか、そんなささやかな思い出が、思いもよらない激しさでわたしの心を揺さぶった。

布団の縁を口に当て、わたしは懸命に嗚咽をこらえた。それでも声は漏れ出てしまう。やがて部屋の襖がそっと開き、暗がりの向こうから、大丈夫？　と気遣うような彼の声が聞こえてきた。

大丈夫、と答えたけれど、涙にくぐもった声はひどく不明瞭で、彼には伝わらなかったかもしれない。しばらくしてから今度は、具合が悪いの？　と彼が訊ねた。わたしはかぶりを振った。違うわ、そうじゃない。

歩く気配が畳を通して伝わってきた。上体を起こし顔を向けると、布団から少し離れたところに彼が膝立ちになってこちらの様子をうかがっているのが見えた。

ふたたび彼が、大丈夫？　とわたしに訊ねた。

大丈夫、と言おうとしたけれど、言葉は出なかった。彼の優しさが、彼の気遣う心が、わたしを脆《もろ》く、素直な人間に変えていた。

わたしは子供のように首を振ると、お願い、と彼に言った。お願いだから——そばにいて……

彼の手がわたしの肩にそっと触れた。わたしは驚き、一瞬息を詰めた。彼がわたしに触れた。わたしを慰めるために。どれほどの勇気を持って、彼はこうしてくれているんだろう。

彼はさらに身を寄せると、もう一方の手をわたしの鎖骨のあたりに置いた。そして、ゆっくりと肩に置いた手を背に向けて滑らせる。静かに、同じリズムで、幾度も、幾度も。

彼の手は不思議なほど温かく感じられた。そのリズムは心地よく、彼がそばにいてくれることは、なによりの慰めとなった。

わたしたちはこのように生まれてきた。これだけの触れ合いさえも、大きな勇気を必要とし、心はいつだって不安に怯えている。親密になりたいと願い、けれど、距離が近付くほど、わたしたちはもうひとつの衝動――過度の自己保存本能と闘わねばならなくなる。

彼はわたしよりもよほどその思いが強いはず。それなのに、こうやってわたしのためにそばにいてくれようとしている。そのことが嬉しくて――

ありがとう、とわたしは彼に言った。彼は黙って頷いた。彼の温もり。彼の匂い。わたしたちを隔てるものはなにもなく、いまは夜の闇さえもが優しく感じられる。

「母が重い病気なの」とわたしは言った。

「なぜだか、自分だけはそんな出来事とは無縁なんだと思ってた。でも、ちゃんとやってくるのね、そのときは――」

失うのは寂しいけれど、と彼は言った。

「それですべてが終わってしまうわけじゃない。違う形で、ぼくらはふたたび出逢う」

「そうなの？」

「うん、多分、そんな気がする」

わたしはためらいながら、ゆっくりと自分の額を彼の肩に押し当てた。彼は拒まなかった。彼の鼓動が感じられるような気がした。

「だとしたら嬉しいわ」

「なぜかみんな忘れてしまうんだ。昔は誰もが知っていたことなのに」

「そう？」

「うん、多分ね」

彼はわたしが落ち着くまで、そうやって背中をさすり続けてくれた。やがて束の間悲しみが遠のき、代わりに穏やかな眠気が訪れると、それを察した彼はそっとわたしから身を離した。

眠れる？　と彼が訊いたので、ええ眠れそうよ、とわたしは答えた。

「ぼくはいつでも隣にいるから」と彼は言った。

「ありがとう」とわたしが言うと、彼は、おやすみ、と言って静かに襖を閉めた。

おやすみなさい。口の中でそう呟き、わたしは枕に頭を沈め、やがて深い眠りに落ちていった。

15

この一夜で彼との関係がとくに深まったというわけではなかったけれど、それでもなにかが変わったのだという思いはあった。一番つらい時期、彼はずっとわたしのそばにいてくれた。物言わぬ影のようにひっそりと寄り添い、眠れぬ夜には、あの晩と同じようにずっとわたしの背中をさすり続けてくれた。

二月の末に母が亡くなると、わたしは忌引休暇をもらって五日ほど郷里に帰った。不思議なことにその瞬間を迎えてしまうと、むしろわたしの心は落ち着きを取り戻した。不安と悲しみはまったく別の感情だった。母の病は過去の出来事になり、もう夜の電話に怯える必要もなくなった。母のことを思い返し涙を流すことはあっても、仕事に出られないほど取り乱すようなことはなくなった。

春が来る頃にはそれまでと変わらない生活を取り戻し、わたしたちはまた以前と同じように週末になると公園に出かけるようになった。

彼の髪をわたしが切るようになったのもこの頃からだった。庭に折り畳み椅子を置き、首にビニールシートを巻いた彼がそこに座る。彼の髪はおそろしく強《こわ》く、しかもコイルばねのように丸まっていた。わたしは彼の髪の手触りを愛した。彼の首筋の匂い、思いのほか逞しい肩、広い背中を愛した。

わたしたちは手を握ることさえなかったけれど、それでも互いに触れ合うことに慣れ、相手がそばにいることに馴染みつつあった。彼にはもしかしたら愛と呼べるような機能はないのかもしれない。それでも彼はわたしやこの家になつき、以前に比べればずいぶんとくつろいだ姿を見せるようになった。

こんな日々が続くうちに、いずれはわたしたちも普通の恋人たちのようになれるのかもしれない。そんな淡い願望を抱きながら、わたしはいつのまにか、彼との生活を当たり前のことのように感じるようになっていた。

16

その日の朝、いつものようにわたしが慌ただしく出勤の準備をしていると、居間にいた彼が突然大きな声を上げた。悲鳴のような、ひどく張りつめた声音だった。

なに、と訊いても彼からの返事はなかった。居間の中央に座り、じっとテレビの画面を見つめている。急いでいたのでそれ以上は訊ねなかった。

画面には一本の桜の木が映っていた。ずいぶんと古い映像だった。もうそんな季節になったんだ、とわたしは思った。しばらくはこんな映像を目にする機会が増えるかもしれない。

家を出るとき、行ってきます、と玄関から声を掛けたけど、彼はテレビに見入っているのか、なにも返してはくれなかった。

彼がうわの空になるのはよくあることだったので、わたしは深く考えることもなく、そのまま家をあとにした。

17

いつになく忙しい日で、朝のこの出来事を思い返すことはあっても、意識はまたすぐに仕事に引き戻され、彼のあの声の意味を深く考える時間はなかった。胸にはつねに重苦しい予感が渦巻いていたが、その理由をわたしはあえて探ろうとはしなかった。

一日の仕事を終え、夕食の総菜を買って家に帰ると彼がいなくなっていた。

家に灯りがついていないことに気付いた時点で、すでにわたしは覚悟していた。

玄関に鍵は掛かっていなかった。合い鍵は預けてあった。きっと施錠にまで気が回らなかったんだろう。よほどなにかに心を囚われていたのか。

騒ぐ心をなだめながら、彼の部屋に入ると荷はすべてそのままだった。彼は身体ひとつで出て行ったらしい。

あるいは、近所に散歩に出かけたのかもしれない。そんなことを思ってもみたが、自分がそれを信じていないことにわたしは気付いていた。

彼は行ってしまった――

何処へ？　おそらくは彼の村へ。記憶が戻ったんだろうか？　それともなにか情報を得て？

朝の出来事が蘇る。ほとんどテレビなど見ることのないひとだったのに、今朝に限って、彼は異常なほど没頭していた。桜の古木。いま思えば、あの風景には見覚えがあった。

わたしは彼のバッグからいままで描き溜めてきたスケッチをすべて出すと、それを居間の食膳に運んだ。

一枚一枚見ていくと、何枚目かでその風景に行き当たった。満開の花をつけた桜の巨木。確信はないけど、きっとそう。ほんの一瞬、視野の隅でとらえただけの映像だったから記憶は曖昧で、しかもすでに薄れ始めている。それでも、多分。

実際に見たら圧倒されるような光景かもしれない。波打つ木肌、ねじくれた枝、地面を這う太い根。どれほどの長い年月をこの桜は生き抜いてきたのか。

わたしは深い溜息を吐き、広げたスケッチをふたたびまとめ、それを持って彼の部屋に戻った。

彼のいない部屋。薄暗く、しんと静まりかえっている。

ふいに涙が溢れ、わたしはその場に崩れ落ちた。手から零れたスケッチが部屋に舞う。

わたしは声を上げて泣いた。誰かがいないことがこんなに寂しいなんて。ひとりで生きることに慣れていたわたしに、彼は寄り添うことの温かさを教えてくれた。静寂の中に微かに響く衣擦れの音。襖越しの気配。眠れぬ夜に彼の吐息に耳を澄ます。そこに彼がいること。わたしからほんの数メートル先に襖一枚隔てて彼が眠っている。その悦び。愛おしく、切ない思い。

涙が畳に染みをつくる。涙はあとからあとから零れ出てくる。

一郎さん……

なんで行っちゃったの――

わたしは畳の上に散らばったスケッチをのろのろと拾い集めた。静かな部屋にわたしのしゃくり上げる声だけが響く。

誰もいない。母は逝き、彼は故郷へと帰ってしまった。

生涯に一度きりの恋だった。わたしにはわかる。わたしはそのように生まれ落ちた。

これから先、わたしはどうすればいいのだろう。

わたしは最後のスケッチを拾い上げると、手にした束の一番上に重ねた。そこでふと気付く。これは彼が最後に描いたスケッチだ。ほんの数日前の作品。

ここにもあの桜の木があった。散り際の、幾千もの花びらを散らす晩春の桜。その光景の片隅に小さく描かれたふたり連れ。

胸がどくんとひとつ大きく鳴った。彼がひとを描くなんて。

最後に見たときには、このふたりの姿はなかった。あとから描き足したのか。

じっと目を凝らして見る。似ている、とわたしは思う。彼と、そしてわたし。舞い散る花びらの中、ふたり手を繋ぎ天を仰ぎ見ている。なんて幸せそうなんだろう。永遠に繰り返される暮れの春。幸福の円環の中に彼らはいる。

また涙が零れ落ちた。でも、今度は悲しみの涙ではない。胸に込みあげる熱い思い。彼に会いたい。いますぐに。

わたしは手の甲で涙を拭い立ち上がった。窓の外に広がる宵闇。その向こうのどこかに彼はいる。

会いに行こう。生涯一度の恋ならば、臆してなんていられない。恥をかいてもいい。みっともなくてもいい。彼に自分の気持ちを聞いてもらう。

わたしは彼のスケッチを胸に抱きしめ、闇に向かって呟いた。

待っててね、一郎さん。あなたに会いに行くからね。

18

それから四日後にわたしは彼の郷里を目指し旅立った。

遥か遠い北の地。幾つかの列車を乗り継ぎ、最後の駅に降り立った頃には、もう夕も近い時刻になっていた。ここからは日に三本しかない路線バスで行くことになる。

バスの乗客はわたしと老夫婦のふたり連れだけだった。彼らも道程の半ばで降りてしまい、終点まではわたしひとりの貸し切りとなった。バスの運転手さんは、しきりに心配してくれた。もうまもなく日も暮れる。こんな山奥に娘さんがひとり降り立ってどうなさるつもりだね？

わたしは運転手さんが心配しないように（自殺願望を抱えた都会の女と思われないように）、極力明るい笑顔を見せながら言った。

恋人に会いに行くんです。

ほお、と彼は言った。訝るような表情は変わらない。こんな寂しい山奥に恋人が？

ええ、この先が彼の故郷なんです。

ああ、と彼は得心したように頷いたが、目はじっと観察するようにわたしを見ていた。気が違ってるとでも思われたのだろうか？

じゃあ、とわたしは言ってステップを降りた。

「ありがとうございました」

バスはしばらくその場に留まっていたが、やがて小さな空間で上手にターンをすると、ゆっくりと山を下って行った。

美しい渓流があって、ここは釣り人たちの人気の場所となっていた。でも、ハイネックのカットソーにチェック柄のスカートという出で立ちのわたしは、この場所にはいかにも不釣り合いだった。運転手さんが訝るのも無理はない。

わたしは荒れた舗装の山道をさらに奥へと向かって歩いた。しばらくすると峠になり、そこよりいくらか下ったところから、彼の村に通じる枝道が伸びているはずだった。

山の夕暮れは早い。色を濃くしていく空を見ていたら、ふいに不安が押し寄せてきた。彼がいなかったらどうしよう。もう帰りのバスはない。なんの考えもないまま来てしまったけど、思えば、ずいぶんとわたしは無茶なことをしている。まさか命にかかわるようなことはないと思うけど、それでも、こんな心細い思いをしたのは初めてのことだった。

村への道はあった。ここから舗装は途切れ、細い山道となる。

陽が山の端に触れようとしている。急がないと。

ほとんど駆けるようにして、木々に覆われた土の道を降りていく。

しばらく下ると、一気に視界が開けた。

一面の水。青緑色の水をたたえた堤防――

彼の村はこのダムの底にある。

職場のコンピュータを使って、あの日の番組を調べてみると、すぐに記憶にある映像に行き当たった。古い番組のアーカイブ。

その桜は村の御神木だった。この地域に伝わる古い風習。花の呟きを聞くという老婆。年に一度の死者たちとの再会。

彼はこの映像を見て自分の村を思い出した。これが古い映像だということに彼は気付いていたんだろうか？

彼の村は二年前にダムの底に沈んでいた。建設が始まったのは、そのずっと前。彼の旅はそのときから始まったのだろう。

あの脳神経学者が書いた話の中に、こんな一節があった。

「ノスタルジーというのは、決して実現しない幻想、満たされないからこそ持ち続ける夢――」

彼は失った故郷を取り戻すために描き続けた。旅のどこかで彼は脳にダメージを受け、多くの記憶を失ってしまう。それでも描くことはやめなかった。意識せぬままに、彼は花たちの呟きに促されるようにして故郷の村を描き続けた。狂おしいほどの懐旧――

夕暮れが迫るダムのほとりに黒い人影があった。

膝を抱えて座る細身の青年。

わたしは駆け出し、そしてすぐに立ち止まると、今度はゆっくりとした歩調で彼に近付いた。

彼はわたしの姿をみとめると、ひどく驚いた顔をした。

「来てくれたの？」

わたしは黙って頷いた。涙が込みあげてきて、うまくしゃべれそうにない。

村は沈んじゃってた、と彼は言った。

「そう、ね……」

なんとなく、と彼は低く囁くように言った。

「思い出しかけてはいたんだ。村がもうないこと――」

「ええ」

「あのお金は、立ち退きの補償だったんだ。それまでぼくはお金なんて見たこともなかった……」

わたしは頷き、そっと息を吐いた。しばらく迷ってから彼の隣に腰を下ろす。草は微かに湿り気を帯びていた。

村を出たくなかった、と彼は言った。

「ぼくはあの村しか知らなかったし、あの場所が好きだった。ぼく以外はみんな老人ばかりで、それだってほんの十人ほどしかいない。ぼくはばあちゃんに育てられたんだ。両親は大雨の日に地崩れで死んでしまった。なぜか赤ん坊のぼくだけが助かって、桜の木の下で泣いていたって、あとからばあちゃんに聞かされた」

「そんなことがあったの……」

わたしは鏡のように静かな水面を見つめた。この水の下に彼の両親は眠っている。

「ほかのひとたちは素直にしたがったけど」と彼は言った。

「ぼくは逆らった。村の長《おさ》の家にある土蔵に立てこもって、三日間そこから出なかった。そしたら下の町から警官がやってきて、それは犯罪だって言うんだ。こんなことをしていると、お前は牢屋に入れられてしまうぞって。一生、その土蔵のように薄暗いところで暮らすことになるんだぞって、そう言ったんだ」

「嘘よ、そんなことはないわ」

彼は一瞬わたしの顔を見つめ、それからまた水面に視線を戻した。

「ぼくは信じた。だからその夜、土蔵からそっと抜け出すと村を出たんだ。閉じ込められるのは嫌だ。捕まりたくなかった」

「それで南に向かったのね」

「うん……」

「いま、おばあさんは？」

彼はかぶりを振った。

「もうずっと前に死んじゃったよ」

「そうなの……」

彼は隣に座るわたしの手を取ると立ち上がった。驚いて見上げると、彼は微笑んでいた。

「迎えに行くつもりだった。蓉子さんに見せてあげたかった。本当ならいまが桜の季節なんだ」

わたしは彼に手を引かれ立ち上がった。

あのあたり、と彼はダムの対岸を指さした。

「あそこに御神木があった。この谷だけの貴重な品種なんだ。他の桜とは違う」

「じゃあ、いまはもう……」

「ダムの話が出た頃、遠い町から来たひとりの男のひとが若木を持ち帰った。よそでは育たないって言ったんだけど、そのひとは、それでも試してみるって」

「ならば、その木がいまもどこかで育っているかもしれないのね？」

「ならいいけど……」

わたしたちは手を繋ぎ、ダムのほとりを歩いた。

彼は自分の村に伝わる古い話をわたしに教えてくれた。

ずっと昔、この谷には誰も住んでいなかった。あまりいい土地じゃないからね。日は差さないし、土も良くない。やがてそこに最初の一家が住み着いた。よその土地で見下され、搾取され、足蹴にされてきた気の弱い優しすぎるひとたち。彼らは最初の冬をなんとか乗り切り、次の冬も僅かな蓄えで生き延びた。

その次の年にまた別の一家がやってきた。彼らも同様に、よその土地では上手く生きていけないひとたちだった。そうやって、少しずつ村人が増えていった。

あの桜の木が引き寄せたのかもしれない。村のひとたちはみんなそう言ってた。

ぼくの村のひとたちはみんな花や木の呟きを聞くことができた。もしかしたらひととは違う、なにか別の一族だったのかもしれない。欲がなく、寛容で、底なしに優しいんだ。お金なんかいらない。みんなが生活に必要な物を分け合って暮らしていた
――

彼は立ち止まると、波ひとつない静かな水面を眺めた。

「ぼくらはひどく臆病だったから、よその土地との交流もないままずっと暮らしてきた。それがいけなかったのかもしれない。村ではいつの頃からか子供が生まれなくなった。ぼくはあの村の最後の子供だったんだ」

わたしは彼の腕に自分の腕を回し、そっと身を寄せた。

「これは、運命だったのかもしれないわ」

「どういうこと？」

「桜の木も旅立ったように、あなたも旅立つ運命にあったのよ」

「ああ――」

「血を絶やさないように、あなたは蒲公英《たんぽぽ》の綿毛のように風に乗ってわたしの町に来たの」

「そうなのかな？」

わたしは頷いた。

「ええ、きっとそう」

帰りましょう？　とわたしは言った。

「あなたの家に」

「ぼくの？」

「そう、あなたとわたしの家。わたしたちは一緒になるの」

「それって……」

「またあの場所から始めるの。あなたの村がそうやって始まったように」

彼は心打たれたような表情でじっとわたしを見つめた。

そうだね、と彼は言った。

「長い旅だったけど、ぼくはようやく辿り着いたんだね」

「ええ」

「ぼくらは家族になるんだ。なんて素晴らしいんだろう」

どこからか白い花びらが一枚舞い降り、彼の髪に留まった。

ああ、と彼は目を閉じ囁くように言った。

「ぼくら、祝福されているみたいだ」

夜の燕

1

男は走っていた。

寒村のひとけのない道をひとり黙々と。弱々しい冬の陽を背に受け、俯き、自分の影をひたすら追いかけながら。

足取りはひどく頼りない。膝は上がらず、歩幅は狭く、いますぐにでもその場に崩れ落ちてしまいそうに見える。

男はまるで荒野に追放された聖者のような風貌をしていた。

肩に掛かる縒《よじ》れた髪。色の抜けた艶のない髭。おそろしく痩せた身体。眼窩が深く落ち窪み、ながいあいだ陽光と風雨に晒《さら》されたためか、肌にはくっきりとした皺が幾筋も刻み込まれている。

身に纏《まと》っているものは、すべて汚れでくすんだ色に染まっていた。

冬の寒さをしのぐため、彼は古布を幾重にも自分の身体に巻き付けていた。剝き出しの膝から下はモップの柄のように細く、足には自分でつくった粗末な革製のサンダルを履いていた。

もう何年も走り続けている。この国のありとあらゆる道を彼は走った。同じ町を幾度も通り過ぎ、北の果てに辿り着けばまた息も吐かずに南に向かって下り始める。

夜は橋の下や鎮守の森で眠った。宿に泊まることはほとんどない。必要最低な量だけを食べ、わずかな持ち金を明日へと繋いでいく。

この生活が男を老いさせた。拭いきれない疲れが灰濁《かいだく》した澱《おり》のように溜まっていく。

もっと他にも道はあったのだろうが、彼はかたくなにこのやり方を通した。まともな人間ならば、自分の行為を疑い、迷い、いずれは足を止めたはず。だが、男にはみじんの迷いもなかった。ただひたすらに、彼は追い求めていた。

ようやく最初の村人と行き合うと、男は足を止め一枚の写真を懐から取り出した。訝る村人に彼は訊ねる。

この女性を知らないか？

写真はひどく古びている。色が褪せ、四隅が千切れ、あちらこちらに補修したあとが見える。女はまだ娘のように若く、どこか気後れしたような面持ちでこちらを見つめている。

村人は首を振る。男の風貌に少し怯えてもいる。まともじゃない。だが、害をなすようには見えない。むしろこの男は、打ち据えられる側の人間のように見える。気の毒な事情があるのだろう。

どこへ行くのか？　と訊ねると、男は北を指さした。ここから先は深い山が続く。次の村まではかなりの道程になる。

飯は食べたのか？　夜の泊まりはどうする？

そう訊ねると男は小さな笑みを浮かべた。何本か歯が欠けているのがわかる。

大丈夫、ありがとう。

男は写真を懐にしまうと、ふたたび走り出した。

村人はその場に佇み、彼を見送る。

小さな背中が揺れながら山道を登っていくのが見える。やがてはそれもちらちらとくすんだ色彩が木立の隙間から見えるだけになり、ほどなくして完全に消えてしまう。

その頃になって、ようやく村人は気付く。

あの娘――ずっと昔、どこかで……

なにかに衝かれた思いで一歩踏み出すが、村人はそこで立ち止まりかぶりを振る。もう間に合わない。それに追いついたところで、なにを伝えられるわけでもない。おぼろな記憶であの男を惑わしてはいけない。

日が暮れ落ちようとしている。北風が村の一本道を吹き抜けていく。

あの男、夜っぴて走り続けるつもりなのだろうか？　村人は貧相な姿をしていた男に憐れと同情を催し、無理にでも引き留めればよかったと後悔する。

けれど、すべてはもう遅い。

2

少年の名は幸生《ゆきお》といった。

娘の名は美織《みおり》。

ふたりは幼馴染みだった。

学年は一緒だったが早生まれの美織の方が六ヶ月年下だった。

幸生はひどく落ち着きのない子供だった。ひとつのところに留まるということを知らない。怪我が絶えず、どこかへ出かければ必ず迷子になった。

彼は歩くよりも先に走り出したと言われていた。彼は走ってさえいればいつでも上機嫌だった。

緑豊かな土地で、走るのに気持ちのいい道はあたりにいくらでもあった。崖線下のはけ道や鬱蒼とした植物園の森、広大な農園の雑木林、修道院の裏山。

彼は走った。顎を上げ、丸く突き出た額に風を受けながら、微かに笑みを浮かべ、野に放たれた仔犬のように。ときには河原まで下り、ススキヶ原の小径をどこまでも走ることもあった。行き着く先には海があるはずだったが、それがどれほど遠くにあるのか、幼い彼には想像もつかなかった。

ススキヶ原を風が吹き抜けていく。風は背後からやってきて、やがて彼を追い越し、くすんだ綿毛色の波となって地平の彼方へと消えていく。彼は悦びに身を震わせ、そしてまた次の風を心待ちにするのだった。

彼は風を友とし風と戯れた。雨が降れば雨と戯れ、嵐の最中でさえも、彼は微笑みながら走っていた。

美織はいつも彼を遠くから見つめていた。身体が弱く、月のうちの半分は布団に臥せって過ごす。幸生は彼女の憧れだった。強さと自由。鳥が空を飛ぶように彼は走る。草原を走る彼はいつも髪や服のどこかに草の種をつけていた。彼女にはそれがなにかの——たとえば自由な心、孤独を恐れない勇気、そういった彼の美徳を称えるために与えられた——勲章のように見えた。

あんなふうになれたら、と彼女は思った。

家は隣同士だったが、生来の内気さが邪魔をして、ふたりは親密になる切っ掛けをどこかで失ってしまった。

無邪気な子供時代、幸生は走ることに夢中でかたわらに佇む少女にほとんど気持ちを向けることがなかった。彼は彼だけの世界で生きていた。緑の国の小さな皇子《おうじ》。風を従え、雨を呼び、草や木の言葉を聞く。幼い者だけが見ることのできるという、あの不思議な輝きや色彩に彼もとらわれていた。言葉を話す頃には消えてしまう不思議な力。けれど、幸生はずいぶんと成長したのちも、赤ん坊の頃に魅せられた世界の秘密にいまだ触れ続けていた。

そんなふうだったから、幸生が自分のすぐそばにいる聡明で控えめな少女に気付くには、ふたりが思春期のとば口に立つまで待つ必要があった。

3

中学は彼らの家からさほど遠くない場所にあった。松の木に縁取られた広いグラウンドを持ち、道を挟んだフェンス越しに米軍の基地を望む。

背ばかり高くなった幸生はいまだに幼い風貌を残し、内面もほとんど子供の頃と変わっていなかった。

相も変わらず彼は走り続けていた。走ることは息をすることと同じぐらい幸生にとっては大事なことだった。止まれば彼は彼でなくなってしまう。もっと乏しく、侘しいなにかに変わってしまう。

クラブには入らなかった。幸生が走っていることを多くの級友たちが知っていたが、彼をクラブに誘う者は誰もいなかった。彼は余り者であり、生来の部外者だった。幸生はひとと交わることのない獣のように、クラスの片隅にひっそりと存在していた。

一方の美織は、少しずつ体調も上向き、彼女なりの花を咲かせようとしていた。美織自身も気付いていないことだったが、彼女には限定された魅力があった。それは、少なからぬ少年たちを引き寄せ、魅了した。

彼らはみなほかの子供たちとはどこか違っていた。独学でピアノを覚え、こっそりと音楽室の合い鍵をつくり、朝早くにそっと物悲しい旋律を奏でる赤い頰の男子生徒。星に魅入られ、夜毎に望遠鏡を担ぎ、ひとけのない天文台の敷地にしのびこむ学級委員長。草木や空の雲、きらきらと輝く鉱物、そんなものに魅せられた少年たち。彼らだけが彼女に宿る美に気付いた。

みな一様に内気で、その思いを口にするようなことは滅多になかったが、それでもさりげなさを装い彼女に接触を試みる男子もまったくないわけではなかった。

ピアノの少年は放課後に彼女を音楽室に誘った。みんなに聴いてもらってるんだけど、と彼は言った（もちろんそれは嘘だった）。どんなふうに思ったか教えてほしいんだ。

聴き終えた美織はしばらく押し黙ったままでいたが、やがて、悲しいほどきれいな曲、と呟くように言った。あなたがつくったの？

まあね、と彼は言って美織から目を逸らし、夕暮れの空を見つめた。彼女の目の縁が夕陽の朱に染まっていたような気がしたが、それをもう一度確かめることはとてもできそうになかった。彼はいっそう赤みを増した頰の熱を感じながら、高炉から溶け出た雫《しずく》のような落陽をじっと見つめていた。

ありがとう、とやがて彼女が言った。すてきな曲を聴かせてくれて。

うん、と彼は言った。その声は自分でも意外なほど頼りなく、悲しげに響いた。

おれ、もうすぐ引っ越しちゃうんだ。ずっと遠い町なんだって。

そうなの？　と驚く彼女に少年は一枚の楽譜を手渡した。

いまの曲だよ。あげる。

いいの？

うん、みんなにあげてるからさ。

そう、と彼女は言って、その楽譜を胸に抱いた。ありがとう。

きみのために書いたんだ——そう言いたかったが、決して口にできないことも彼は知っていた。少年は幸せだった。この思い出はずっと消えずに胸に残るだろう。部屋の片隅に置かれた美しい塑像のように、この記憶は彼の人生を静かに見守り励まし続けてくれるに違いない。

ちくしょう、と彼は心の中で呟いた。

これでさよならだ。でも、悔いはないぞ。

音楽室を彼女が出て行ったあとも、彼はずいぶんと長いことピアノの前に座ったままでいた。生まれて初めての恋がいま終わったのだと彼は感じていた。悪くない。うん、ほんとに、ちっとも悪くない。

彼は勢いよく立ち上がると、どこか弾むような足取りで音楽室をあとにし、そのまま二度と戻ることはなかった。

学級委員長は何人かの級友たちとともに美織を天体観測に誘った。

月蝕の夜。彼らは天文台の敷地に忍び込み、町の灯りから隔たれた広い野原のような場所で月に映る自分たちの星の影を眺めた。

順番が来ると、美織は頬に掛かる髪を指でかき上げ、そっと接眼レンズに瞳を寄せた。

思いも寄らぬ近さで月がそこにあった。彼女は畏れにも似た感情におそわれ、一瞬息を詰めた。目に映るのは色のない無慈悲な世界。厳酷でみじんの暖かみもない。それは彼女が知っている月とはあまりに違っていた。

それでも彼女は自分に与えられた時間いっぱい、翳りゆく衛星の素顔を眺め続けた。未知の体験はいつだって心揺るがすもの。畏れは悦びのもうひとつの姿なのだから。

委員長は級友たちに気付かれないように、そっと彼女を見つめていた。

ひどく華奢な身体。髪をかき上げる指がその身体に不釣り合いなほど長く見える。透けるように白い肌なのに、髪はこの夜の闇よりも黒い。彼女はほかの子たちとまったく違う。もしかしたら、よその星から来たのかな？　ぼくらの星と同じような惑星が、この宇宙には何千何万もあるって書かれていたのを読んだことがある。その中のひとつから銀色の舟に乗って――

彼女は誰とも交わろうとしない。いつだって優しくて、誰にでも親切だけど、本当の彼女はそこにはいない。心はどこか別のところにあって、自分と同じ星から来た仲間を探している。彼女は自分たちだけに通じる言葉で呼びかけている。誰かいませんか？　わたしはここにいます。でも、それはぼくらの耳には決して届かないんだ。

あの幼馴染みはどうなんだろう？

あいつはまるで子供だ。彼女の魅力にてんで気付いていない。走ることに夢中になるあまり、他のことをすべて取りこぼしてしまっている。ふたりは似ているけれど、ただそれだけのこと。あいつは勘定のうちに入らないみそっかすにすぎない――

4

幸生は戸惑っていた。美織と一緒にいると、ひどく落ち着かない気分になる。彼女がそばにいるだけで胸が苦しい。なのにその苦しみはどこか甘美で、いつまでだって浸っていたいと願ってしまう。

ふいに訪れたこの感情を、幸生はひとに知られてはならないと感じていた。もちろん美織にも。

内気さは一族に伝わる伴侶《はんりょ》探しの伝統のようなものだった。慎重に、あくまでも慎重に。そうでないと見誤ってしまう。彼らを繋ぐ糸は細く、見合う相手はあまりに少ない。落ちるように恋をする者たちもいるが、彼らは時間を掛け、ゆっくりと相手に自分を馴染ませていく。そして一度なつけば、もう二度と心迷うことはない。

もちろん、幸生は自分がそんな一族の末裔《まつえい》だとは露ほども知らなかった。そして偶然にも隣の家に住む少女が、遠い昔に分派した同じ血を持つ一族の娘であることも。

朝、学校に向かう道すがら彼女と一緒になる。申し合わせているわけではないが、なんとなくそうなってしまう。気恥ずかしい思いがあって、なかなか声を掛けられない。美織はそんな幸生をなんだか楽しそうに見つめている。おはよう、と彼女が言って、おはよう、と幸生が応える。

からかわれているのかな？　と彼は思う。でも、それでもかまわない。幸生は彼女の声が好きだった。細く高く、語尾が少し震える。鳥が囀《さえず》るみたいに彼女は話す。彼女の声を聞いているだけで心浮き立つ。

たいして会話は続かない。そういう年頃なのかもしれない。自意識が舌を搦《から》め捕る。他の生徒の姿が目に入ると、彼はそっと美織から離れ、やがては駆け出し彼女を置き去りにしてしまう。

幼い頃からずっとそうだった。ひとり風を追って野を駆ける。仲間は要らない。これまでの幸生は、自分以外の誰かに気を向けたことなんてほとんどなかった。

でも、いまは違う。彼は心を残している。もっと彼女のそばにいたい。彼女を見つめていたい。彼女の隣は特別な場所。そこだけで得られる感情は、他のすべてを圧倒してしまう。

幸生は美織から遠ざかりながら、いつもひとり思い起こす。

言い出せずにいた言葉。繋ぐことのできなかった視線。渡しそびれた赤いハンカチ。

なんでもっと早く気付かなかったんだろう。彼女は初めからずっとそこにいたというのに――

5

月が僅かばかりの光を投げかけ、男の足下を照らしていた。

できれば山を越えてしまいたい。隣の村に出れば、休む場所も見つかるはず。あとどれくらいで辿り着けるだろう……

山の勾配はさほどに急でもなかったが、男は激しく喘いでいた。足が重い。まるで血管ににかわを流し込まれたかのようだ。

男は幾度も木の根に躓《つまず》き地に手を付いた。熱を帯びた彼の吐息は、不吉な濁りを帯びた音を立てていた。

一瞬、意識が遠ざかり、男は自分の居場所を見失う。

これまでにもあったことだが、ここ数日はそれが頻繁になっている。なんの前触れもなく訪れる過去の光景。現《うつつ》と見紛うばかりの追想が、懐かしい場所へと彼を運んでいく。

少年の日の夏の夕暮れ――

彼は草原にひっそりと置かれた掩体壕《えんたいごう》の上に立ち、茜色《あかねいろ》に染まる西の空を眺めていた。

掲げた両手の指の隙間を夕風が吹き抜けていく。深い青、と彼は思う。理由もなく、ただそう感じる。風は深い青色――

彼は目を閉じ、風が運ぶ世界の欠片《かけら》にそっと触れてみる。

鼻腔に広がる草いきれ。あるいは、ねぐらに帰るムクドリたちの忙しない囀り。どこからか漂い来る夕餉《ゆうげ》の匂い。耳朶《じだ》で渦を巻く風の音。すべてが渾然とまじり合い、のちに幾度も思い出すことになる切ない記憶の背景を形づくっていく。

やがて、耳に馴染んだ声が背景から浮き上がり、彼の意識をそっと引き寄せる。

目を開け振り向くと、通りを歩く美織と委員長の姿がそこにあった。

幸生は身を隠すでもなく、掩体壕の上からふたりを見つめた。

彼らは幸生に気付かない。歩道を並んで歩きながら、なにかを楽しそうに語り合っている。

かなりの距離があるから言葉の意味までは聞き取れない。美織の高く澄んだ笑い声。夕陽を受け、微かに朱に染まる頬。半袖のブラウスから伸びた白くしなやかな腕。なにもかもが切ないほど美しい。

委員長とふたり連れだって歩く彼女は、幸生が知っている美織とはまるで別人のように大人びて見える。

幸生は哀しかった。なぜそう感じるのかもわからないまま、ただひたすら哀しかった。

すん、と鼻を啜ると、聞こえるはずもないのに美織がついと顔を上げ彼に目を向けた。

彼女の表情に驚きの色はなかった。まるでずっと前から彼がそこにいるのを知っていたかのように。

長く感じるが、実際には一秒にも満たない時間。ふたりの視線は繋がり、そして離れた。

向き直る彼女の動きが、まるでスローモーションのように緩やかになり、やがては淀み、その一瞬ののちに、ふたたび弾みをつけたように勢いよく流れ出す。

その過程のすべてを幸生は鮮烈に記憶した。それはいわば、わずかな時間的幅を持つゾートロープのようなものだった。

彼女の憂いを帯びた眼差しがまず先に彼から離れ、それを追いかけるように白い顔が背けられていく。細い首に浮かぶ繊細な腱の緩やかな動き。微かに開かれた薄い唇。風に舞う豊かな黒髪。

これから先一生涯、彼はこの切り取られた瞬間を携えたまま生きていくことになる。

繰り返される追想――

盛夏の青草の匂いが呼び水となって思い出すこともある。あるいは頭上を飛ぶ鳥の囀り、燃えるような落陽。そして、ときにはなんの切っ掛けもないままに。

彼は思い出す。たんなる追憶ではなく、現実を超えた奇妙な追体験として。

彼は十三の夏の日を生き直す。ほんの束の間の出来事を、絶え間なく打ち寄せる波のように、果てなく、幾度も、幾度も。

そこには、不思議な心的装飾が施されている。実際に感じた以上の深い哀しみが、身を焦がすような苦悩とその対極にある悦びが、甘美な旧懐の思いが、胸いっぱいに満ちあふれ、彼は思わず涙を零しそうになる。失われた時は、ただそれだけ美しいのだと言わんばかりに、追想は彼に強い感傷を促す。もう二度と戻ることのない少年の日々――

記憶は漂い、横滑りするように別の光景を映し出す。

彼は十七になり、このときでもまだ美織との関係は変わっていない。彼はどこにいても傍観者であり、場違いな土地に足を踏み入れてしまった異邦人のように遠慮がちに振る舞うことしかできない。

彼は叔父と連れ立ち、植物園の雑木林の中を歩いていた。

叔父は生まれつき片脚が悪かった。歩くときはどうしても一方の脚をひきずってしまう。こんなときの幸生は叔父に合わせ、ゆっくりと歩く。

叔父は三つ下の弟——幸生にとってはもうひとりの叔父——とともに、彼の家から五分ほどの距離にあるひどく古びた、まるで荒ら屋《あばらや》のようにも見えるモルタルづくりのアパートで暮らしていた。父親が仕事で不在がちのうえ、母親が病気で臥せってばかりいた幸生にとって、この叔父は三人目の親のような存在だった。

旋盤工の叔父には右手の親指がなかった。ドリルにくれてやったんだ、と叔父は言っていた。

叔父にはどこか物事に無頓着なところがあり、それは自分自身の肉体に対してさえそうだった。夢の中に心を半分残しているかのように、現実をなおざりにして深くかえりみることがない。写真を撮ることが趣味の叔父にとって、指が足りないことは少なからぬハンディだっただろうが、幸生が見る限り、叔父がそれを気にしている様子はどこにもなかった。

この日は薔薇が見頃で、午後の遅い時間にもかかわらず、植物園にはかなり多くの客がいた。

ふたりで薔薇園に足を踏み入れると、高価なカメラを持った写真愛好家たちが日当ての花に群がるように集まっていた。叔父が使っていたのは廉価なコンパクトカメラで、彼らの持ち物と比べるとずいぶんと見劣りしたが、叔父はとくに臆する様子も見せずに撮影者たちの輪の中に消えていった。

残された幸生は薔薇の香りが漂う庭園をひとり歩いた。草花は好きだったが、庭園にはあまり興味がなかった。区画の中に品よく収まっている薔薇たちは、幸生にはまるで香り付けされた色鮮やかな造花のように思えるのだった。

薔薇園の外れ、他より少し小高くなった芝地に高校生たち数人が座っておしゃべりをしていた。発表会かなにかの帰りなのか、制服姿で、かたわらにはそれぞれの楽器が収まった革のケースが置かれてあった。

男三人、女四人のグループで、その中に美織の姿があった。

彼女を見るのは久しぶりだった。美織は地域でも上位の進学校に通っていた。吹奏楽部に入ったと聞いていたから、ここにいるのはみなその仲間なのだろう。勉強がどうにも苦手だった幸生は地元の商業高校へどうにかぎりぎりで滑り込んだ。自分でも奇妙に思うほど教科書の内容が頭に入らず、中学の半ば頃から彼は完全に落ち零れてしまっていた。

市外に通う美織とは、通学の時間がずれたために、ほとんど顔を合わすこともなくなっていた。

幸生は彼らに近付く前に引き返そうとしたが、中のひとりに声を掛けられた。彼もまた中学時代の同級生だった。

名前を呼ばれゆっくり振り向くと、手招きされ、輪に加わるように促された。こういったとき幸生は逆らうことができない。彼もそれを知っていた。幸生は彼が苦手だった。

輪に歩み寄り、少し離れた場所で立ち止まると、幸生は口の中で小さくなにかを呟いた。挨拶のつもりだった。

こんなところでなにしてんだ？　と元級友に訊かれ、幸生はうしろを振り返り、また顔を戻すと、叔父さんが、と彼に言った。薔薇の写真を。

元級友は気のないふうに頷き、すでに声を掛けたことを後悔しているような表情を見せ、そのあとでふと思いついたようにまわりの連中に向かって、いつも走ってるんだ、犬みたいに、と言って、顎で幸生を指し示した。なにが楽しいんだろうな？

幸生はほとんど彼の言葉を聞いていなかった。視界の隅にとらえた美織の白い顔。また髪が伸びた。日ごとに綺麗になっていく。幸生は目を合わすことさえできなかった。視線を重ねたら息が止まってしまうかもしれない。

美織はいまだにひとりだった。そう遠くないうちに、どこかの男が彼女の隣に立つ日が来るのかもしれない。そのことを思うと、幸生は哀しみで胸が潰れそうになった。

委員長は——彼こそが美織の最初の恋人になるはずだった。少なくとも幸生はそう思っていた——いつのまにか、彼女から離れてしまった。なぜなのかはわからない。告白して断られたんだ、という者もいたが、それも幾つかある噂話のひとつに過ぎなかった。真実は彼らにしかわからない。恋とはことに秘めるべき営み。彼らもまた、そう感じていたのかもしれない。

委員長は名門男子校に進学した。最後に見かけたとき、彼は髪の長い大人しそうな少女と一緒だった。着ている制服で彼女も名門私立女子高の生徒だとわかった。美織にどこか似ていると感じたが、そのことを幸生は不思議に思った。ふたりはまったく違うのに。

　彼らが追い求めていたのは、仄かな予感にも似た気配だった。彼女たちがベールのように纏う青い気配。その色を似ていると幸生は感じたのだった。いずれにせよ、本人たちがそれを知ることはない。彼らはただ、気付くだけだ。そこに少女がいることに。

　紺色の制服を纏った一群の中、そのひとだけが鮮やかに浮かび上がって見える。彼らはなんの疑問も抱かずにそのことを受け入れていく。

　恋とはそういうものだから。ただ、そう呟いて。

　元級友のあからさまな嘲りの言葉も、他の生徒たちの冷たい視線も幸生の意識には届いていない。彼はただ、美織だけを感じていた。これだけの距離を置いてさえ、彼女の吐息が聞こえるような気がした。安息香にも似た甘い髪の匂い。青白い肌の下、赤い水脈が奏でるうねるような旋律。遠い夜汽車のように届いてはまた消えていく鼓動の音。そのすべてを感じ取ることができるような気がした。

　百年を一夜と引き替えてでも彼女と語らうことができたなら。そう思わずにはいられなかった。

叔父の声が幸生を現実に引き戻す。振り返ると、片脚をひきずるようにして歩きながら、彼を探す叔父の姿が見えた。

行かなくちゃ、と幸生は言って、最後にもう一度だけ美織を見遣った。視線は躱《かわ》したつもりだった。けれどなぜか、ふたりは目を合わせてしまった。まるで出会い頭の事故のように、彼らの視線はぶつかり合った。

幸生は思わず息を止めた。

視線。思い起こすのはいつだって彼女の眼差しだった。そこにはなにか特別なものがある。水気を帯びた球体の奥に垣間《かいま》見えるもの。おそらくは本人さえも気付いていない心の深層。読み解くことはできない。けれど、意味もわからぬままに彼はうち震える。

ほんの一秒にも満たない時間。抗《あらが》うことのできない力によってふたりは繋がり、なにかを分かち合う。とても切実で、熱を帯びたなにかを。

だが、このときもまた、ふたりは離れていく。共犯者たちが交わす目配せのような、すれ違いざまの束の間の交信。断片は積み重なっていくが、なにかを変えるだけの力をまだ持たない。

追憶が追憶を呼び、彼はいよいよ現実を見失い始める。意識の奇妙な二重性。彼女との別れの記憶。

高校の終わりが近付いた頃、幸生は理由のわからない高熱に襲われた。熱はひと月近くも続き、一時は命も危ぶまれるほどの重篤な状態に追い込まれた。もともと痩せていた身体は、枯れ枝のように細り、精神にもかなりの混乱をきたした。なぜそうなったのかは医者にもわからなかった。

あるいは、初めから定められていたことなのかもしれない。彼の母親もそうだったように、生まれたときから幸生にはどこか過剰なところがあった。癇の強い赤ん坊で、ほとんど眠ることがなく、ちょっとしたことでもすぐに高い熱を出した。

熱——そして熱が象徴するものすべて。彼を促し、急《せ》き立て、そして枷《かせ》となるもの。

幸生がつねに走り続けていたのも、無意識のうちにこのありあまる熱の捌《は》け口を求めていたからなのかもしれない。

だが、同時に彼は人生の早い時期に、それと見合うだけの抑制も獲得していた。度を越えた活力と強烈な克己心。

幼女のような母親との関係が、彼を抑制的な人間に仕立て上げた。父親は不在がちで、ただひとりの息子である幸生は死の影を纏う母親の守番となるべく運命付けられた。彼は獣並みの早さで成長し、学校に上がる頃にはすでに逐語的にも、あるいは比喩的にも母親を背負って歩けるほどになっていた。

頑是無《がんぜな》い子供のように、あるいは奔放な王女のように振る舞う母親とのふたりだけの日々。彼女がつねに臥せっていたのもまた、血を介してもたらされた熱のせいだったのかもしれない。

抑え込まれた熱は溶解した岩のように彼の奥深くに潜行した。走ることぐらいではとても逃がしきれない膨大な輻射《ふくしゃ》。

熱はついに表層に上がり、彼は自らの炎に焼き焦がされた。

熱の最中、彼は恐ろしいほどの興奮に襲われた。すべての感情がなんの理由もないままに彼の胸に押し寄せた。焦燥《しょうそう》、歓喜、恐怖、悲しみ、郷愁、そして愛。

奇妙に美しい数学的な夢を見た。鏡像対称。川のように流れる素数の連なり。きらめく結晶構造。

死線をさ迷いながら、彼は誰よりも高く登り詰めた。単純で力強い公理のようなものがすぐ頭上で輝いていた。彼はそれに触れようと手を伸ばし、そのまま闇に落ちた。

熱が下がったとき、幸生はもう自分が自由でないことに気付いた。死の不安がいばらのように彼の心に巻き付いていた。

全方位の激しい興奮の中で、なぜかこの不安だけがあとに残された。

彼は走ることをやめた。そもそも家から離れることさえできなかったのだ。一歩でも離れれば自分は死んでしまう。そんな強迫的な思いが彼をこの場所に縛り付けた。

ようやく起き上がれるようになった頃のこと。ある日、幸生が縁側に座って陽を浴びていると、木戸を開けて美織が庭に入ってきた。

幼い頃を除いて、彼女がこんなふうに彼の家を訪ねたことはなかった。

「具合はどう？」と彼女は幸生に訊ねた。

彼は頷き、まあまあかな、と答えた。新しい彼は、なぜか気負うことなく美織と言葉を交わすことができた。

彼女の髪は背の半ばまで伸びていた。陽光を受け艶やかに煌《きら》めいている。額の中央で分けられた前髪の一方を彼女は耳に掛けていた。

「おばさんに聞いて、何度かお見舞いに来たのよ」

「知らなかった」

「あなたは眠ってたわ」

「うん、夢を見てた」

夢？　と彼女は訊いた。

「どんな夢なの？」

綺麗な夢だったよ、と彼は言った。

「すべてがきちんと収まるべきところに収まっているんだ。もしかしたら、世界は少しずつ、そこに向かっているのかもしれないな。ほんの少しずつだけど」

「不思議な夢ね」

「うん……。そうだね」

ねえ、と彼女が言った。細く高く、少し震えるような声だった。

「わたしたち、もう十八よ」

「知ってる。二週間前にまた同い年になったんだ」

そうね、と彼女は言った。

「こんなふうに話をするの、いつ以来？　わたしたち」

彼女は、わたしたち、という言葉にことさら力を込めた。

「おれたち？」

「ええ」

「いつ以来だろう？　わからない。ずっと昔だよね。まだ、ふたりがほんの子供だった頃」

彼女がくすりと笑った。

「なんだか、おとぎばなしみたいね。むかしむかし、あるところに男の子と女の子がいました――」

彼は静かに笑みを浮かべ、そうだね、と呟くように言った。

「こんなふうに、もっと話せればよかったのに」

彼女はそう言って、サンダル履きの足でなにかを蹴るような仕草を見せた。

「でも、あなたは、いつもわたしを避けてばかりいたわ」

彼は顔を上げ、少し離れて立つ彼女を仰ぎ見た。陽を背負った彼女は、色のない墨色の影のように見えた。

「そうかな？」

「ええ、そうよ。なにか、わたし悪いことをした？」

まさか、と彼は言った。

「そんなことあるはずないよ」

「なら、なんで？」

じっと見つめられ、彼は堪《こら》えきれなくなり俯いた。

「それは……」

「ええ」

幸生はそっと顔を上げ、彼女の喉元に視線を置いた。

なんだか、と彼は言った。

「なんだか恥ずかしかったんだ」

彼の言葉に、一瞬美織は驚いたような表情を見せた。なにかを言いかけ、けれど喉に言葉がつまったように小さく咳き込むと、彼女はそのまま押し黙ってしまった。

幸生はなにかいい訳めいた言葉を口にしようかと思ったが、それもなんだか違うような気がして、結局口を噤んだままでいた。

そんなの、といずれ彼女が独り言のように呟いた。そして、なんで、とまた呟き、静かにかぶりを振った。

「まるで子供じゃないの、そんなのって」

「うん……」

「そんなことでわたしたち――」

「うん」

彼女は気を取り直すように大きく息を吸うと、ワンピースの腿のあたりを両手で摑んだ。そして小さな沈黙のあと、彼女はなにかを放るような、どこか投げやりな口調で、わたし引っ越すの、と彼に告げた。

驚き、仰ぎ見ると、彼女は微笑んでいた。でも、その目はほとんど泣いているようにしか見えなかった。

「引っ越すって、どこに？」

彼女はある町の名を口にした。彼のまったく知らない土地だった。

「学校は？」

「大丈夫よ。通えない距離じゃないわ。あともう少しだし」

「なんで急に……」

彼女はかぶりを振った。

「急じゃないわ。しばらく前から、もうそうするしかないって。お父さんの仕事が思わしくなくて、もっと小さな家にわたしたち移るの」

「そうなんだ……」

「ええ」

寂しくなるね。彼がそう言うと、彼女は不思議なものを見るような目で彼を見つめた。

どうしたの？　と彼女は訊いた。

「なにが？」

美織はしばらくなにかを考えるように沈黙したあと、ゆっくりとかぶりを振った。

なんでもない、と呟く。そして少し間を置いてから、ねえ、ほんとに？　と彼に訊ねた。

「うん？」

「ほんとに寂しいと思うの？」

思うよ、と彼は言った。

「本当さ」

ならば、と彼女は言って口ごもり、しばらくためらったあと、また来ようか？　と幸生に訊ねた。

「また、来てもいいのよ？　この家に」

彼は笑みを浮かべ、曖昧な仕草を見せた。ありがとう、と呟くように言う。

「でも、無理はしなくていいから」

美織の顔に浮かんでいた柔らかな光がゆっくりと消えていった。

彼女はなんで？　と幸生に訊ねた。

彼は肩を竦めた。

「なんでって、ただ、そう思ったから」

そう、と彼女は言った。奇妙なほど低く沈んだ声だった。

「そうなんだ……」

記憶はそこで途切れ、ふたたび繋がったときには、彼女はもう幸生に背を向けている。木戸を開け、去っていく美織。長い髪が彼女の背で静かに揺れる。彼は縁側に座ったまま、彼女を見送っている。ひどく悲しかった。だが同時に、これでいいんだという強い思いもあった。

思いも寄らないことではあったが、彼女は子供の頃と同じように幸生に親しみを感じ、彼のことを気遣ってくれてさえいた。そのことが嬉しかった。彼女の幸福を願い、自分はいままでどおり傍観者でいよう、と心に決めた。いずれにせよ、この場所から外に出ることのできない男のことなど、彼女もいずれは忘れてしまうだろう。

美織は自分に身に余るような悦びを与えてくれた。だから祈ろう。今度はおれが彼女の幸多き人生を。

6

月が翳り、やがて雪が風に運ばれてきた。

男は力尽きかけていた。衰弱しきった身体に寒さが追い打ちを掛ける。彼は一歩進んでは立ち止まり、そのたびに激しく肩で息をした。建て付けの悪い古い家を吹き抜けていく風のような弱々しい喘鳴《ぜんめい》があたりに響いた。

喉に刺すような痛みが走り、男は身を折るようにして激しく咳き込んだ。意識が遠のき、死の淵を垣間見る。

彼をかろうじて支えていた力が、足下から、まるで琥珀色をした油脂のように流れ出ていく。彼は糸の切れた操り人形のようにその場に崩れ落ちた。死。甘美な誘い。

美織、と彼は愛しいひとの名を呟いた。美織。きみはいまどこに――

7

美織の後ろ姿を見送ってから四年が過ぎた。色のない季節が幾度も巡り、幸生は日の傾きや風の匂いで、おぼろになにかが変わっていくのを感じていた。

縁側に座る彼の前を世界が慌ただしく通り過ぎていく。覗き窓から垣間見る人々の営み。

扉のない監房。それとも自分は縒り紐のような命綱にしがみついている胎児にすぎないのか――

およそ、と彼は思った。ひとの心の動きとして、こんなに理不尽なことはない。家を離れることが、まるで渓谷に渡された細い綱の上を歩くことのように恐ろしく感じられてしまうなんて。

あるいはこれは獣の本能と関係しているのかもしれない。そんなふうに思うこともあった。一本の木の上で一生を終える獣もいると聞く。ひとつの洞、ひとつの泉。離れれば心細さのあまり死んでしまう。

なんとか家のまわりを歩くことぐらいはできるようになった。調子がよければ、天文台のあたりまで足を延ばすこともある。でも、だからどうだというのだ？　このままでは、杭に舫《もや》われた舟のように、どこに行き着くこともできやしない。

彼は外の世界を諦め、限られた場所で生きていくための手だてを探した。

できるだけ自分の食い扶持を浮かすために、小さな庭に畑をつくり様々な作物を育てた。豆や芋、瓜や葉野菜。ときには果物――西瓜《すいか》や苺を育てることもあった。うまくいかない年もあったが、天候に恵まれた年には、驚くほど豊かな実りを手にすることができた。

走ることをやめたためなのか、彼はつねに熱に苛《さいな》まれるようになった。平熱が――それを平熱と呼ぶなら――三十八度近くもあり、夕刻が迫る頃には熱はさらに上昇した。

熱、そして熱が象徴するものすべて。それが彼を苦しめた。

文字通り、熱に身を焦がされるような痛みがあった。不思議なことに痛みは日ごとに場所を変え、彼に慣れることを許さなかった。

まるで人間を知り尽くした手練《てだ》れの拷問《ごうもん》のようだな。そんなふうに幸生は思った。なにかを告白して許されるのなら、なんだって口にするのに。

この頃、母親は精神的にひどく混乱した時期にあり、よりいっそうの退行を示していた。熱の苦しみに耐えながら、同時に彼は母親にも心を配らなければならなかった。

幼い少女のような服を身に纏い彼に甘えてくる母親は不思議なほど若く、ときに魅力的に映った。

美織は母さんに似ているのかもしれない。ふと、そんなふうに思うこともあった。彼女たちは繊細な装飾品のように脆く、儚い。すぐそばにいながら、遠い記憶の中に棲まう女性のように現実としての重さを持たない。

眠っているときの母の姿はひとしおそう感じられた。夢を見る幼女のような面持ち。肉体だけを残し、すでに心は彼岸を彷徨っている。そこで母は幼い頃に亡くした自分の母親と語らい合っているのかもしれない。

彼女が臥せっているとき、幸生は亡くなった叔父から引き継いだ工芸の仕事に精を出した。

叔父は――旋盤工の叔父とともに暮らしていた三つ下の弟――は十八の時から飲み始め、以来半世紀にわたり、感じやすい心を酒で紛らわせてきた。酒に逃れ、酒に溺れ、酒に滅ぶ。気のいい酔いどれの寂しがり屋。

素面《しらふ》のときの叔父は腕のいい工芸職人だった。叔父には他の人間には見えないものを見る力があった。

万物は誰の目にもひとしくその姿をさらしている。けれども多くの人間は、そのほんの一部しか見ていない。入り組んだ細部。小さな揺らぎ。淡い陰影。それを叔父は目の細かな網で掬《すく》い取り、鮮明に記憶する。幸生の一族は、みな多かれ少なかれそのような力を持っていた。代々が職人の家系で、遡れば宮大工や刀鍛冶《かたなかじ》もいたという。叔父は命や自然の在り様をそのまま再現してみせた。からくり玩具と称していたが、玩具と呼ぶには、それはあまりに写実的で手が込みすぎていた。叔父は子供じみたデフォルメを嫌った。あるがままに。本物と見紛うばかりの動きを。

多くは手の上にのってしまうような小さなものだったが、どれもが驚くほど精巧につくられてあった。鳥や獣、昆虫、あるいは風にざわめく森、荒れる海の波や空を流れる雲。幾つものギアやカムがうねるような動きを再現した。細かな金属部品は兄に下請けに出した。小さな町工場には叔父専用の金型が幾つもあった。

なにかをあるがままに写し取ろうとするなら、まずは見ることだ。叔父はことあるごとにそう言っていた。見ることで作業のあらかたは終わってしまう。酒焼けした赤い鼻と甘酸っぱい息の匂い。アパートの狭い庭につくられた薄暗い工房で、叔父はひどく風変わりな甥《おい》っ子に、自分の持てる技術のすべてを伝授した。

もしかしたら叔父は自分の死期を察していたのかもしれない。幸生にすべてを引き継がせるための準備を彼は怠らなかった。取引のある店の連絡先を教え、どのような頻度で発注があるのか、どの店主はどんな作品を好むのか、そういった詳細をすべて幸生に教え込んだ。

お前は筋がいい、と叔父は幸生に言った。一族の中では、おれに一番似ているかもしれんな。

叔父が亡くなったとき幸生はひどく動揺したが、仕事に関しての迷いはなかった。なにをすべきなのか、彼はその手順を完全に把握していた。これが幸生にとっての天職であることは間違いなかった。

幸生は二十二歳になっていたが、友達と呼べる人間も、ましてや恋人などいるはずもなく、幼女のような母親と仕事で不在がちの父親、そして旋盤工の叔父、わずかばかりの広さの畑と工房、その中でひっそりと青春の盛りを迎えようとしていた。彼は世界から忘れ去られた幽霊のような存在だった。

恋はしていた。単調な日々の中、美織への変わらぬ思いが、彼の心に鮮やかな彩りを与え、孤独な心を癒してくれた。

誰かと繋がりたいという漠然とした思いはなかった。心を通い合わせたいと願うのは、ただひとり、美織だけだった。彼にとって孤独とは、ひとりでいることではなく、彼女がそばにいないという、その欠落の感覚を意味していた。

そして、その切なさを紛らわせてくれるのもまた、彼女とのささやかな記憶、あるいはいままだ熱く込みあげてくる彼女への追慕の情だった。

美織とともに過ごした幼い日々。彼女の公平さ、正しさへの憧れ、優等生的な頑なさ、強い抑制、不安、穏やかなたたずまい、押し黙っているときの表情、笑みを見せたときに僅かに残る頬のこわばり、そのすべてを彼は愛した。

あるいは理由はいらなかったのかもしれない。彼女が彼女であるというだけで彼は無条件に美織を愛した。

ときおり押し寄せる追想の発作は、現実を超えた瑞々《みずみず》しさで彼女の姿をそこに映し出した。

制服姿の美織がそっと微笑む。彼女の温もりや髪の匂いまで感じられる。けれども、なによりも幸生の胸に切なく迫ったのは、ありありと再現される自分自身の感情だった。

十二の、十三の、十四歳の幸生が胸に抱いていた彼女への思い。たった一度、その瞬間だけに訪れ、二度と繰り返されることはない。どれだけ似ていても、まったく同じ感情を抱くことは決してない。一回性の固有な体験。それが十年近い年月を経て、突然胸に去来する。

幼い日の自分がどれだけ無邪気に彼女に思いを寄せていたか。それをあらためて知らされ、彼は胸が潰れそうになる。こんなふうにおれは彼女に恋してたんだ……

明日を知らず、いまだけを生きていた頃。

あまりに懐かしく、その日々が愛おしく、彼は思わず泣いてしまいそうになる。

はたからはどれほど味気のない人生に見えたとしても、彼のうちにはどんな恋人たちにも負けないほどの熱い感情が脈打っていた。

おれは美織を思うためだけに生まれてきたのかもしれない。そのためだけにこの人生はあるんだろう。

叔父とともに草原を散歩しながら、薄暗い工房で紙の翼に色付けしながら、縁側にひとり座り空を流れる雲を眺めながら、彼は美織の面影を追い、彼女の幸せを祈った。

彼はこの人生を受け入れていた。世界は美しく、夜明けはさらに美しかった。明日を待ち遠しく思うのは、恋する者の特権だった。夕暮れに涙するのは、同じ群青色の空を彼女も見ていると思うから。

一日の終わりに、彼はそっと彼女に呼びかける。

今日もいい日だった。きみはどう？　疲れてない？　いやな思いはしていない？　大丈夫。きみは幸せになれる。そのために、ぼくは今夜も祈るよ。

おやすみ。いい夢を――

8

春の夕。幸生は叔父とともにアパートの裏手に広がる野原を散歩していた。

弟を亡くしてから、叔父は以前よりも外に出ることを嫌うようになった。六十を過ぎて嘱託扱いになってからは工場に足を向けるのも週に一度あるかないかで、あとの日はほとんど家に籠《こ》もったまま外に出ようとしない。食べ物は近所の市場でまとめ買いし、あれほど好きだった写真も、カメラが壊れてからはすっかりやめてしまっていた。

いつの頃からか庭に居着いた迷い犬が、いまでは叔父のいい相棒になっていた。犬はジョンと名付けられた。叔父の命名だった。この老犬の散歩を口実に叔父を外に連れ出すことが、しばらく前から幸生の新たな仕事となっていた。

春風を受けながら、夕暮れの野原を歩く。叔父は老犬を従え、ずいぶんと先を歩いている。

風に背を押され、幸生は探るようにそっと足を踏み出し何歩か駆けてみる。けれど、すぐになにか得体の知れない衝動が腹の底に込みあげてきて彼は足を止めてしまう。なんなのかはわからない。なにかの先触れ。地震よりも先に届く、あるかなきかの微揺のような。これ以上続けたら、きっと自分はどうかなってしまう。そんな不安の兆し。

幾度試しても同じだった。苦しみは、もっとも効果的なやり方でその人間の気力を削いでいくものなのかもしれない。ひどく冷酷で抜かりがない。

彼は赤く染まる西の空を眺めた。飛行機雲が巨大な弧を描いていた。張りつめていたものがふっと切れたように、彼の胸に深い感傷が押し寄せてきた。

このささやかな人生に、と彼は思った。このささやかな人生に、せめて——

なにかに引き寄せられるようにゆっくりと視線を降ろすと、その先に美織がいた。

四年ぶりに見る彼女の姿だった。少しも変わらない。藤色のハイネックセーターに葡萄茶《えびちゃ》のロングスカート、踵《かかと》の平らなパンプス。装いは見慣れないものだったが、その顔も長い髪も、細い首も四年前に見たときの美織そのままだった。

彼は息をするのも忘れ、彼女がこちらにむかって歩いてくるのをじっと見つめた。

美織は足下に落とした視線をときおり上げ、彼と目が合うと微かにはにかむような笑みを見せた。どこかぎこちない、頬に僅かなこわばりの残るあの笑顔。

元気だった？　と彼女は彼に訊いた。

「うん。美織は？」

「ええ、元気よ」

風に舞う髪を手で押さえ、彼女ははるか先を歩く叔父とジョンを見遣った。

「あなたの叔父さんよね？」

うん、と彼は頷いた。

「犬を飼ったんだ。迷い犬。ジョンて名付けた」

「そう。いい名前ね」

「一緒に暮らしてた叔父さんが死んじゃったんだ」

彼女は顔を幸生に戻し、ほんと？と言った。

「うん」

「見かけたことがあるわ。いつも酔ってたひとよね？」

「うん。あの叔父さん」

そうだったの、と彼女は低く言った。

「悲しかったでしょ？」

「まあね。いまは、その叔父さんの仕事を引き継いで、からくり玩具をつくってる」

幸生が？と彼女は訊いた。彼の胸に疼くような痛みが走る。その親密な響き。

そうだよ、と彼は答えた。

「まだまだ半人前だけど」

「見てみたいわ。あなたの作品」

幸生は曖昧に頷いた。いつかね、と口の中で呟くように言う。そして、どうしたの？と間を置かずに彼女に訊ねた。

「なにが？」

彼は両手を広げ、そっと押し出すような仕草を見せた。

「なんで、ここに？」

彼女はどこか構えるような表情を見せ、肩で息を吸うと、それをゆっくりと吐き出した。

「大学が終わって、わたし就職するの」

ああ、と彼は言った。

「もう、そんな時期なんだね」

ええ、と彼女は頷いた。

「家を出てひとり暮らししようかと思って。お父さんは、こっちでの仕事に見切りをつけて郷里に帰るって言ってるし」

大丈夫なの？　と彼は訊ねた。

「大丈夫って？」

「身体だよ。ひとりで暮らすなんて」

彼女は笑みを浮かべ、静かにかぶりを振った。

「もう、あの頃とは違うわ。大丈夫よ。ずいぶん強くなったんだから」

「でも――」

美織は彼の言葉を遮るように、ああ、と高く細い声で言い、両手を頭の上で組むようにして大きく背を反らした。

「いいところね、ここは。風が気持ちいい」

幸生がなにも言わずにいると、彼女はさらに続けて言った。

「戻ってこようかな、またここに」

「戻る？」

「会社もここのほうがずっと近いの。どこかアパート借りて――」

彼女はなにかを問うように彼を見つめた。

幸生はひどく混乱していた。習慣となった回避的な言葉が喉元まで上がっていたが、彼はそれを口にしたくなかった。彼女がそばにいることが、どれだけ自分を幸福にしているのか、それを伝えたいという強い願望が彼の頭の中で逆巻いていた。押し黙ったままの彼を、美織はひとつの答えと見なしたようだった。表情を強ばらせ、そっと俯く。

迷惑？　としばらく経ってから彼女が言った。こんなふうに会いに来るの。

その声音に織り込まれた切実な思い。触れることを避けてきた、ありのままの感情。

幸生は思わず彼女に向かって手を差し伸べた。彼らしくない、抑制の欠けた唐突な振る舞いだった。

彼女が顔を上げ幸生を見た。目に涙を浮かべ、なにかに抗議するように眉根に力を込めて。

どれだけの、と彼女は吐息のように言葉を漏らした。

「どれだけの勇気を持って、わたしがここに来たか……」

おそらくは気付いていたはずのこと。けれど彼はそこから目を逸らし、真実の声に耳を塞いできた。自分でも理由のわからない衝動だった。近付きたいと願えば願うほど、相手を避けるような振る舞いをしてしまう。

あなただけじゃないのよ、と彼女は言った。

「こんなふうに自分の気持ちをそのまま伝えることが、どれほど恐くて苦しいか」

わかるでしょ？　と彼女は涙に掠れた声で訴えた。

「幸生にひとの心を読む力があったならって、そう思う」

彼女は肩を震わせ、静かにかぶりを振った。

「自分の気持ちをあなたに知られるのが恐いんじゃないの」と彼女は言った。

「口にしてしまうことが恐いの。誰かに働きかけることが、自分の言葉で誰かを変えてしまうことが――」

たまらなく、恐いの、と最後はほとんど消え入るような声で彼女は言った。

幸生は宙に置いたままになっていた手をそっと伸ばし、彼女の肘に触れた。美織は一瞬身を強ばらせたが、やがてゆっくりと力を抜いていった。

おれたちは、と彼は言った。

「同じように感じる」

美織が足下に落としていた視線を上げ、幸生を見た。

「ええ……」

「同じ心を持っている」

「ええ……」

「だからかな?」

幸生はそう言って、彼女の口元を見つめた。

「おれはたったひとりの女性を愛するように生まれてきた。そのようにつくられたんだ」

彼女の言葉はなかったが、幸生は立ち止まらずにそのまま続けた。

「自分の気持ちに気付くずっと前から、その相手は決まっていた」

彼は苦しそうに顔を歪め、喘ぐように肩で息をした。それが、と掠れた声で言い、目眩にでも襲われたかのようにかぶりを振ると、もう一度、それが、と繰り返した。

美織、と彼は言った。

「それがきみなんだ——」

その瞬間、なにか取り返しの付かない過ちを犯したのだという、強迫的な感覚が彼の胸に押し寄せてきた。だが彼は踏み止《とど》まった。本能を退け、あるがままの自分を無防備にさらけ出す。

美織がきつく目を閉じた。目尻から涙が零れ落ちる。彼女はなにかを小さく呟いた。ありがとう、と言っているのか、それとも、わたしも、と言ったのか。心を読むことはできなくても、彼女の気持ちは痛いほどわかった。

彼は不器用に美織を引き寄せ、このときでさえひどく遠慮がちに彼女を抱きしめた。そのうちに滾《たぎ》る灼熱《しやくねつ》の情動とはほど遠い、ごく慎ましやかな抱擁だった。

この先のことはわからない。けれど、いまは。いまだけは――

彼女の身体は、彼がずっと思い描いていたとおり儚く、少しでも力を込めれば、たやすく壊れてしまいそうだった。

美織を守りたい、と彼は思った。生きて欲しい。

つまるところ、この思い、遠い先の別離を予感し、それに抗おうとする心の在り様こそが、彼の、彼らの愛だった。

9

男は古木の根元に背を預け、うつろな目で闇を見つめていた。もう走れない。立ち上がることすらできそうにない。

彼の肩にはうっすらと雪が積もっていた。もう寒さは感じない。痛みも苦しみもない。

夜の山は閑《しず》かだった。鳥さえも声を潜め、この雪を嫌って巣に籠もっているのか、いつもは騒がしい獣たちもいまはひっそりと気配を消している。いつのまにか風はやみ、辺りは不思議なほどの静けさに包まれている。

まるで幽冥のほとりにいるようだ、と彼は思った。おれはもう死んでいるのか？闇と絶対の静寂。深い海の底に潜む奇妙な生き物たちも、きっとこんなふうに世界を見るのだろう。光から遠く隔たれ、真の孤独の中で。

なあ、美織、と彼は思わず呼びかけた。

きみを見つけられないかもしれない。こんなふうに終わるのが、ひどく残念だ。きっときみを見つけ出すと、そう誓ったのに。

これが夢であってくれればと、そう願わずにはいられない。きみとの再会を信じていた。微塵も疑ったことなどなかった。きみとふたり手を携えあの場所に帰ることがおれの望みだった。だけど、もう――

美織。ごめんな。こんな変わり者で外れ者のおれなんかと一緒になったものだから、きみには苦労ばかりかけてしまった。

あるいは、きみにはもっと別の道が、きみに相応しい光に満ちた幸福な生活が用意されていたのかもしれない。それを、おれは奪い取ってしまった。

美織。いまでも思い出すよ。それでも、きみはいつも笑顔をたやさなかった。少しだけ頬にこわばりの残る、まるで泣いているようにも見えるあの笑顔だよ。振りかえれば、悪いことばかりじゃなかった。おれたちにだって幸福なときはあった。

時の浄化作用とでも言うのかな。あの頃を思い出してみると、ふたりがまるでなんの汚れもない無垢な子供だったように感じられてしまうんだ。罪のない、すべてを赦された者たちのように。悲しみさえもが美しく。

おれたちは――おれも、そして美織、きみもそうだ――とうとう最後まで真の意味で大人になることはなかった。おれの母親と同じように、人生のどこか早い時期に、おれたちは先に進むことをやめてしまった。

奔放さや自分勝手なわがままを子供のようと言うのなら、ふたりはそれとはまったく違っていた。子供のような大人とは、なんて便利な言葉なんだろう。おれには、そんなものは利己的な者たちの勝手な言いなしのようにさえ思えるのだけれど。

ふたりは、ひどく遠慮がちで、疲れ切ってしまうほど気を使い、ああ、もう二度とひとと交わるのはよそうと、そんなふうに感じながら生きている子供だった。

大人たちの厚顔や、偉ぶった態度、押しつけがましい教育者面に嫌悪を覚え、彼らから身を隠すようにしながら暮らしている子供だった。

だから、ふたりで——ふたりだけの生活を始めたとき、おれは初めて自分の居場所を見つけたような気がしたんだ。

実家からほど近い場所に小さな長屋を借りて、おれは歩いて工房へ、きみはバスで自分の職場へ。

夕暮れ時、仕事帰りにバス停できみを待つのが、おれの一日の終わりの楽しみだった。まだバスが影も見せないときから、おれの心は浮き立っていた。

おれは妻の帰りを待っているんです。そう、道を歩くひとたちに言って回りたいくらいだった。

ようやくバスが姿を見せ、それが近付いてくると、おれはいつも昂ぶる気持ちを抑えることができずに泣きそうになった。

ひとりで生きると決めていたが、真の孤独を求めていたわけではなかったのだと思い知らされた。ただ、ひとりいればいい。生涯に一度だけ、ただひとり。愛する誰かのためにこの命を——

愛しい妻を待つことが、このささやかな営みの一齣《ひとこま》一齣が、いたずらに潰えていくはずだったおれの人生に、深い意味を与えてくれる。

バスから降り立ったきみは、幾度見ても、まるで初めて出逢ったようにおれを驚かせた。

なんて魅力的な女性なんだろう。なぜ世界中の男たちはこぞって彼女に求愛しないんだろう?

そのことをきみに言ったこともあったね。おれは、自分の気持ちを伝えることには臆病だけど、こういった事実を——きみの魅力は客観的な事実だった——口にすることにはなんの抵抗も感じない。

きみは、ばかなひと、と言って笑ったね。それでも、どこか嬉しそうだった。

きみの喜びは、おれの喜びだった。

きみは音楽を愛し、小説を愛していた。きみが奏でるフルートの音色、きみが読む異国の物語。

きみはよく、小説を読みながら傍らに座るおれにこう言ったね。

ねえ、わたしたちがここにいるわ。

書き手たちは、たとえばシンガーという名だったり、ゼーバルトという名だったりしたけれど、不思議なことに、てんで勉強のできなかったおれが、彼らの小説だけは夢中になって読むことができた。あれはなぜだったんだろう?

おれには生まれつき、どこか欠けているところがあって、とにかく読んだものが頭に入らず、それでずっとまわりの人間から見下されてきた。けれども、なぜかきみが手渡してくれた小説だけは、いまでもそらんじることができるくらい憶えている。

この偏り――過剰さと欠落。それが、おれという人間のすべてだった。均衡することがなく、つねに大きく振れてしまう。

どれだけ高熱を出して、きみを不安がらせたことか。街灯もない裏通りをきみに支えられ診療所まで歩いた冬の夜。きみの手は冷たくかじかみ、不安に小さく震えていた。

おれたちは、いつでも、相手を失うことを恐れていた。

そう、これはきみには言わなかったことだけど、おれはいつもひとつの不安を胸に棲まわせていた。子供じみた空想だが、口に出すとそれが真実になってしまいそうで恐くて言えなかった。

おれはずっと、きみを女神のように感じていた。だって、そうだろ？　きみはおれを暗闇から光射す場所へと導いてくれたんだから。きみは目映いばかりに美しく、気高い心を持った愛と寛容の女神だった。

おそらくは、そこからの連想なのだろうけど、あるときおれはきみが、おれにとっての羽衣天女なのかもしれないと、そう思いいたってしまった。

ずっと昔のことだ。おれはきみが落とした赤いハンカチを拾ったんだ。家の前のあの砂利道で。きみのだってことはすぐにわかった。レースのように薄く透けた、紗織りのような手触りの赤いハンカチ。

渡そうとは思っていた。でも、声が掛けづらく、時が経つほど不自然さは増すばかりで、渡すことはいっそう難しくなっていった。

それに、正直に言えば、このハンカチを手元に置いておきたいという気持ちもあった。きみは遠からず、おれのそばからいなくなってしまうはずだった。おれではない誰かと、おれの知らない場所できみはきみの人生を——

だから、せめてこのハンカチを、きみを思い出すためのよすがにと、おれはそう思ってしまったんだ。

ハンカチはいまでも持っている。ずっと渡しそびれたまま、いまでもこの懐の奥に。

きみは天女ではなかった。けれど、それでもけっきょくのところ、物語は似たような終わり方をするのかもしれない。

あれは、分不相応な愛を得てしまった男の物語だった。不安は計り知れない。

おれはいつだってきみを見ていた。きみの息遣い。きみの眼差し。いつでもなにかの兆しをそこに探していた。

一緒になった頃、おれたちはよく旅の話をしたね。森に囲まれた閑かな場所で、そこでは星々が手に届きそうなほど近くに見えるという。

いつか、とおれたちは言い合った。いつか、一緒に行こう。ふたりひとつの毛布にくるまって、ボート小屋の小桟橋に座り、名もなき星々の物語を語り合おう。

きみは夜うまく眠ることのできないおれにいつも言っていた。あなたは天文学者になるべきだったのよ。そうすれば夜が白み始める明け方を恨めしく思うほどになるわ
——天文学者にはなれなくても、きみのために星を探すことならできる。高原の澄んだ夜空の下でなら。きみに似つかわしい、控えめに輝く橙色《だいだいいろ》の星を。

そんなささやかな夢を、ふたりは窓辺に置いた小さな鉢花のように大事に育てた。

枯れないように、消えないように。

それでも、夢は潰えていく。

遠出をするための練習もしてみたが、結局はどれもうまくいかなかった。おれはひとよりも馴化《じゅんか》する力がひどく弱いのだろう。僅かな差違を大袈裟に受け取ってしま

う。見慣れぬひと。見慣れぬ場所。それが死にも似た不安を誘い招く。

そのことは、早くにきみに告げていた。

こんな不具合だらけのおれに付き合うことはないよ。なにも好きこのんで面倒な人生を選ぶことはない。

でもきみは、いつもそのたびに首を振った。

ねえ、そのすべてを含めてあなたなのよ。わたしが一緒にいたいと願う、ただひとりのひと。

ああ、どれだけおれがその言葉で救われたことか。さやかには気付いていなくても、ひとはみな、誰かのために生きたいと願っているものなのかもしれない。

だが、きみはおれと暮らすことで、自分の人生をひどく狭いものにしてしまった。職場と家をただ往復するだけの毎日。街に出かけることもなく、友人たちと誘い合って遊びに行くこともない。

もともとそれが性分なのよ、ときみは言った。街もひともきらい。あなたとふたりで静かに過ごすのが好きなの。あとはなにもいらない。

おれたちはよく散歩をした。天文台や植物園の森。アパートの裏手に広がる草原。叔父やジョンと一緒に歩くこともあった。きみは叔父とすぐに仲良くなったね。ふたりが並んで歩く姿は、おれの心を和ませた。こんな日が永遠に続けばいいのにとさえ思った。

いつだったか、きみがおれにこんなことを言ったことがあった。

わたしたちはひとと違う時間を生きているの。流れる時が違えば、ともに生きていくことは難しいわ。わたしたちが孤立してしまうのは、そのせいなのかもしれないわね。

そうなのかもしれない。時と記憶。意識はつねにそこに向かう。

おれは小さな箱の中に時を閉じ込める。からくり玩具とは、つまるところそういうものだから。

時の輪を、永遠に回帰し続ける一瞬を手のひらの上に再現する。

海鳥の羽ばたき、荒野を駆ける馬、流れゆく雲、水面に広がる波紋。

きみがとくに好きだったのは「夜の燕《つばめ》」という題の作品だった。夜の森を低く飛ぶ燕。波のうねりのように緩やかに上下しながら、ときおり思い出したように翼を羽ばたかせる。

背景は回転する円盤の上にしつらえた何層もの木々のシルエットだった。近景ほど速く流れ、遠ざかるにつれその動きは遅くなる。単純な遠近法の応用だった。

叔父の遺作から離れて、初めてつくった自分の作品だったということもあり、とりわけ愛着も深かった。

きみはよく飽かずに眺めていたね。小さなハンドルを回しながら、目をわずかに細め、夢見るような面持ちで。

時間の輪、ときみは呟くように言う。これはあなたね、と言ったこともあった。あなたは音もなく森を駆ける。自由に、影のように素早く。まるでこの燕のように。

いつかまたそのときが来るわ。

巫女《みこ》の託宣のように、きみはそう宣言した。

もしかしたら、きみには本当に未来が見えていたのかもしれない。

いつの頃からだろう、きみが鬱《ふさ》ぎ込むようになったのは。

職場でのわずかばかりの人間関係も、きみには大きな負担となっていた。どこにでもある強欲や虚栄心、責任逃れや点数稼ぎ。それが目の粗い鑢《やすり》のようにきみを傷つける。

毎月のように寝込むようになり、ただでさえ細い身体が、さらに痩せ細っていく。

だから、きみの身体にふたりの子供が宿ったと知ったとき、おれは、これでなにかが変わるかもしれないと期待したんだ。

そして実際、きみは変わった。仕事を辞め、できるだけ母胎によい生活をするよう心がけた。

収入は減ったが、おれたちは質素な暮らしには慣れていた。テレビさえないような生活だったけど、もとから外の世界にはほとんど興味など持ったこともなかった。目に映る自然を愛し、自分の指の先にある温もりに触れながら、地に根を張る植物のように生きる。

きみは、子供ができたことが嬉しくて仕方ない様子だった。母性というのは、たいした想像力の上に成り立っているものらしい。きみは生まれてくる赤ん坊を女の子と決めつけ、和子《かずこ》と名前をつけた。足踏み式の古いミシンをもらい受け、それで人形に着せるような、驚くほどちっちゃな産着を縫い上げた。ピンク色の、小さな、小さな……

だが、その産着をおれたちの赤ん坊が着ることはなかった。

七ヶ月。それがふたりの子供がきみのお腹の中で過ごした時間だった。もう少しで、この世界に出てきてくれるはずだった。けれど、赤ん坊は、それを待たずに生きることをやめてしまった。

理由はわからない、と先生は言った。ときおりあるんです、こういうことが。

きみは気丈に振る舞っていたけれど、あまりに痛々しくて、ときに見ていられないこともあった。おれに気を遣い、おれを慰め、ことさら明るく振る舞おうとする。でも、知ってたよ。きみが泣いていたこと。おれに気付かれぬよう、息を殺し、細い肩を震わせながら。こんなときおれは、きみが望むならと、気付かぬ振りをして、またそっと目を閉じることぐらいしかできない。世の男たちのように、妻を抱き寄せ、大丈夫だよ、と慰める、そんな当たり前のことさえ、おれにはひどく難しいことのように感じられてしまうんだ。

きみは工房にあった木片を持ち帰り、そこに娘の名を刻んだ。台所の食器棚にそれを立て掛け、毎日水や菓子を供えていたね。生きているかのように話しかけ、安らかに眠れるようにと、子守歌を唄ってあげていた。

やがて、きみは光を嫌って、あまり外に出なくなった。緞帳《どんちょう》のように分厚い緋色のカーテンで窓を塞ぎ、昼間から臥せるようになった。

工房から帰ると、薄暗い部屋の中、きみがぼんやりと卓袱台《ちゃぶだい》に肘を載せ、なにもない壁をじっと見つめていることもあった。おれが帰ったことにも気付かず、きみはただそうやって、この世界ではないどこかを見つめていた。

娘の声が聞こえるといって、窓の外の闇に向かって手を差し伸べたこともあった。病院に行こうと説得しても、きみは頑としてそれを受け入れなかった。いやよ、わたしは病気ではないもの。大丈夫。またいつものわたしに戻るから。もう少し時間をちょうだい――

いま思えば、無理にでもきみを病院に連れて行くべきだった。おれたちは誰かに頼るべきだった。

きみをひとりにしておくのが不安だった。この頃のきみには、どこか普通でないところがあった。病でないというのなら、あれをなんと呼べばいい？

仕事をしていても、きみのことばかり気になって仕方なかった。食は細る一方で、一時は戻った体重も、また著しく下がり始めていた。肌が乾き、唇は荒れ、なのに目だけはいつもうっすらと濡れて奇妙なほど輝いていた。

ときに――とくに淡い陰の中に佇んでいるきみは、ぞっとするほど美しかった。癒しがたい悲しみが、鋭利な刃先となってきみを削り、そのうちに宿る真の美を露わにしたかのようだった。

日が暮れる頃、おれはきみを外に誘い出す。うまくいくときもあるし、駄目なときもある。蝙蝠《こうもり》たちが舞い飛ぶ夕間暮れ。宵の明星が飛行場のフェンスのすぐ上で瞬いている。おれは繋いだきみの手の冷たさに胸を痛める。

あの頃、ふたりはなにを話しただろう？　なんだか、うまく思い出すことができないんだ。

おそらく、あのときもおれたちは夢を、いつか来るはずの、なんの憂いもない日々を語り合っていたはずだ。

元気になったら、あれをしよう、これをしよう。河原まで散歩して、ススキヶ原を吹き渡る風を眺めよう。おれはきみの絵を描くよ。川の水面がきらきらと輝いて、きみは宝石に縁取られた聖母のように見えるだろう。そして、きっとふたりはまた子供を授かる。今度は男の子で、その子は誰よりも元気に生きるだろう。

いつかは時も過ぎ、いまの苦しみを懐かしく思い返す日が来るに違いない。そこから眺めれば、なにもかもが美しく見えるだろう。思い出とはそういうものだから。

いまはつらいけど、もう少しの辛抱だよ。きっと、いい日が来る。

そうね、と言ってきみは微笑む。

いまはただ眠りたい、ときみは言う。長く、深く、ずっと、ずっと。そして、やがてふと目覚め、あなたを見つめこう言うの。長い夢を見ていたわ。悲しい、とても悲しい夢だった……

あなたに申し訳なくて、ときみは言う。わたしはあなたに心配ばかり掛けてるわ。それが夫婦だろ、とおれは言う。どちらかがつらいときは、もう一方が支えるんだ。そのためにおれたちは一緒になった。違うかい？

きみは微笑むが、なにも言わない。あの微かに頰にこわばりの残る、ぎこちない笑みが夕闇に白く浮かび、やがてそれも花が閉じるようにそっと消えていく――

10

枝に積もった雪の落ちる音が、男を現実に引き戻す。微睡みかけていた。追憶と夢のはざま。のそくさとした想念が、ふいに勢いづき、自由に流れ出すあの瞬間。その先は眠りの領域。とこしえの闇が茫漠《ぼうばく》と広がる。この寒さの中では、二度と戻ることはできない。

男はかじかんだ両手を擦《こす》り合わせ、そこに息を吐きかける。白く渦巻く吐息は、まるで肉体から逃れ出た魂のようにも見える。こうやってひとは終わるものなのか。

故郷から遠く離れ、名前さえも知らない土地で、ただひとり。

だが、これも悪くはないのかもしれない。夢を追い続けた日々。愛しい女性との再会を信じ、男は走り続けた。とうに心は正気を失い、ただ狂おしいばかりの追慕の情が彼をここまで運んできた。ある意味、幸せな人生だったとも言える。ただひたすらに、妻の姿を追い求め、それより他のことには、なにひとつ思い及ぶこともなく。愚直に、どこまでも純粋に、愛に生きた男。

彼女が家を出たのは、二月のひどく寒い日のことだった。

朝、彼が工房に向かうとき、彼女はいつもと違うことをした。玄関に座り靴紐を結ぶ幸生の背にそっとしがみつき、美織は彼の名を呟いた。

どうしたの？　と訊くと、おまじないよ、と彼女は言った。

なんの？　そう訊ねると、彼女は幸生にしがみついたまま小さくかぶりを振った。

秘密。でも、きっとあなたにはいいことがあるわ。

そう？

ええ。

振り向いて顔を見ようとしても、彼女はしがみついた腕を離そうとしなかった。幸生のうなじに額を押し当て、震えるように息をしている。

どうしたの？　変だよ？　つらいの？

そんなことない、と彼女は言った。大丈夫よ。鼻声だった。わずかに語尾が震える。

うん、と彼は言った。

やがて彼女が離れ、そっと退く気配が感じられた。

彼が振り向くと、美織は二、三度目を瞬かせ、それから硬い笑みを浮かべ、いってらっしゃい、と言った。

うん、行ってくるね。

いつものように彼女は外まで見送りに出ると、彼が道を曲がるまでそこに佇み、手を振り続けた。

朝日が彼女を照らしていた。光に包まれた彼女は、まるで生まれたての女神のように見えた。

これが、幸生が見た妻の最後の姿となった。

工房から帰ると書き置きが卓袱台の上にあった。

いい奥さんになれずにごめんね。と彼女は書いていた。

またいつか別の人生で一緒になれたなら、今度はふたりで幸せになろうね。

身体に気を付けてね。幸生なら大丈夫。強いひとだもの。あなたはわたしの憧れだった。こんなことで立ち止まったりしないで、しっかりと生きていってね。

遠い場所から幸生の幸せを祈ってます。

あなたの妻、美織。

この日が来ることを幸生はずっと恐れていた。

回復したかに見えた時期もあったが、叔父が亡くなり、そして相次いでふたりの親たちが亡くなると、美織の状態は前にも増して悪くなっていった。

朝から臥せることが多くなり、ついには家事もこなせなくなった。

ごめんね、と彼女は言うばかりで、それが幸生にはつらかった。あやまる必要なんて少しもないのに。妻を看病すること、妻のために生きること、そのために彼はいるのだから。

彼は妻の身体をさすり続けた。言葉の代わりに、触れることで幸生は彼女を引き戻そうとした。

凝った背中。冷たい指先。古枝のように固くなった細い首。熱と水気を失い、ゆっくりと石化していく肉体。どれだけさすっても、彼の指が離れれば、そこからまた血は退《の》き、肌は青ざめていく。

陽の傾きとともに翳りゆく部屋のように、彼女は光を失い、この世界での重さを失っていった。潮がゆっくりと引いていくように、彼女もまた、ここではないどこかへと静かに去りゆこうとしていた。

それでも美織は優しかった。彼を気遣い、励まし、愛を与えようとした。

幸生は優しいね、と彼女は言った。あなたと一緒になれてよかった。この場所が好きよ。あなたといるこの場所が、わたしにとっての天国なの——

彼女が向かう先のあてはなかった。付き合いのある親戚はなく、友人もいない。闇雲に家を飛び出し、ふたりで一緒に歩いた場所を探し回ったが、もとより彼はそんなところで彼女を見つけられるとは思っていなかった。

幸生は不安と焦燥で心がどうかなってしまいそうだった。死を思わせるような不安発作が絶え間なく襲い来ては彼の正気に爪を立て、黒い傷跡を残していった。

一時でも同じ場所に留まれば、それだけで気がおかしくなってしまう。彼はすぐ背後に迫る狂気の足音を聞いた。

彼は歩き続けた。天文台の草原。植物園。鱒《ます》の養殖場。そして、ついには河原まで下り、大橋のたもとまで行き着いた。彼よりも背の高いススキが鳥の片翼のような穂先を静かに揺らしていた。なにかをいざなうように、あるいは、なにかを見送るように。

彼は自分がずいぶんと遠くまで来たことを知った。ここまで家を離れたのは何年ぶりか——

あのときと同じように、風が吹き来て彼の背を押した。彼は一歩踏み出し、同じようにまた反対の足も一歩前へと繰り出した。

久しく忘れていた感覚が蘇る。地を這うのではなく飛ぶように——

彼は駆けた。不思議なことに、駆けているかぎり不安は堪えられる程度にまで薄らぎ、彼は淡い喜びを——自分はいま一歩ごとに妻に近付きつつあるのだという確かな手応えを——感じることができた。

彼は自分の足で妻を探すことに決めた。失踪の届けを出すことは考えなかった。彼は自分でも気付かぬままに、ひとつの知らせを恐れていた。届けを出すことは、その送り先を厳酷な告知人に知らせてしまうことでもあった。彼は現実を先送りにしながら、夢の中を往く道を選んだ。

幸生は工房を閉じ、休業の知らせを書いた手紙を顧客たちに送ると、すぐさま妻を探す旅に出た。

彼は自分の死よりも妻と永遠に引き離されることを恐れていた。つまるところ、それが彼の行動の原理となった。家に留まるのではなく、妻のもとへ。

簡素な野宿の道具を兵士の背嚢のようなズックの袋に詰め、それを背負い彼は西へと向かった。

家を一歩離れるごとに、胸のうちに重苦しい不安が押し寄せてきたが、妻への思いが、妻の身を案ずる心が、彼に前に進む力を与えてくれた。

もとより走ることには慣れていた。彼はそのようにつくられていた。日の出から日の入りまで、わずかな休みを織り込みながら、ただひたすら走り続ける。旅の初めの数日は足に痛みや張りを感じていたが、やがてはそれらも消えていった。

彼は走るために生まれてきた。原初の、ひとが野を駆けていた頃の肉体と活力を彼は備えていた。彼の足の裏は厚く、臑《すね》は細く長く、心臓は易々と全身に血を送り出した。

彼が最初に目指したのはふたりで語り合ったあの小さな湖だった。三日目の夕に辿り着き、彼はそこに一週間留まった。辺りの森をくまなく探し回り、ひとに出会えば、彼女の写真を見せて見覚えがないかと訊ねた。ほとんどの者は首を振ったが、中には、なにか心当たりでもあるのか、熱心に写真に見入る者もいた。幸生は彼らから話を聞き、得られた情報は大きな革表紙の手帳に細かく記して残した。

彼女といつか行こうと約束した場所はここだけではなかった。向かうべき土地は、国中いたるところにあった。行く先々で得られたわずかな——そしてだいぶん覚束ない——情報をもとに、彼は次に自分が向かうべき方向を定めた。それは実のところ振り子に頼る失せ物探しと大差のない、ひどく頼りない道行きでもあった。だが、そのことを彼はあまり気にはしていなかった。大事なのは、ある種の幻想であり、彼女に近付きつつあるのだという日々の実感だった。

ときには、まったく向かうべき先が見えずに、しばらく同じ場所に留まることもあった。そんなときは、またぞろ狂気の足音が背後に聞こえてきて、彼は矢も楯もたまらず、すぐさま方向も見定めずに駆け出すのだった。

夜の眠りの場所はおおかたひとけのない森の中を選んだ。町中ならば川に掛かる橋の下や廃屋となったプレハブ小屋、神社や寺の境内、ガード下。雪の夜には駅の構内やバス停小屋、そしてときには久しく使われた様子のない破れ穴だらけのビニールハウスで眠ることもあった。

薄い寝袋に潜り込み、その上にテント代わりのシートを被せ寒さをしのぐ。毎夜眠りに就く前、彼は星あかりを頼りに美織の写真を眺めた。革の手帳に大事に挟み込まれた数枚の写真。

その一枚には制服姿の美織が写っている。眩しいのか、微かに目を細めるようにして、彼女はじっとこちらを見つめている。髪留めで前髪を上げ、青磁のように艶やかな額を露わにした彼女はとても幼く見える。

幸生はこの写真を——少女のような美織の姿を見ると、いつも胸が締めつけられるような心持ちになった。少年の頃の切ない憧憬を思い起こし、そして、あたら潰えてしまった彼女の未来、希望、夢を悼みながら、彼はひとり闇の中で圧し殺した嗚咽を洩らすのだった。

一緒になった頃の写真もある。

アパートの前の砂利道に立つ美織。白い前掛けをつけ腕を組み微笑んでいる。門柱にわずかに肩を預けゆるやかなS字を描く彼女は、どこかよその国の女優のようにも見える。彼は妻の輪郭をそっと指でなぞり、低く呟く。

美織、きみが恋しいよ。きみに逢いたい。もう、ひとりはいやなんだ。早く帰ろう。おれと一緒に、あのうちに――

疲れ切った身体を枯れ松葉のしとねに横たえ、彼はつかのまの眠りに落ちる。

浅い眠りの中で彼は妻の夢を見る。

夢の中の彼女は叔父やジョンと連れだってアパート裏の草原を歩いている。幸生はそれを掩体壕の上から見つめている。声を掛けても彼女は気づかない。吹き寄せる風が彼の言葉を掠っていく。彼らは同じ曳舟《ひきふね》に運ばれていく三艘の小舟のように、わずかに揺れながら、まるで水面を滑るように、草原の奥へと向かって歩いていく。本来なら飛行場が広がっているはずの草原の終わりは、深い霧に覆われなにも見えない。彼は幾度も大声で妻の名を呼ぶが、その声は彼女には届かない。ただ一度だけ、なにかを探すように美織が振り返り、不安げな視線をこちらに向けるが、彼女は彼を見つけることができない。前に向き直る彼女の細い首筋に淡い影が宿る。遠い昔に見た光景がまたここでも繰り返される。

やがて彼らは霧の中に吸い込まれるように消えてゆき、あとには彼ひとりだけが残される――

母親の夢を見ることもたびたびあった。

彼女は寝室のあの緋色の緞帳のようなカーテンの陰に隠れている。自分の思いが通らないことに拗ねて見せる幼女のように、カーテンの縁を強く握りしめながら白い顔だけを覗かせ、彼に批難がましい視線を向ける。彼は歩み寄るとそっと抱きしめ、ごめんね、と呟き、彼女の固く強ばった背中に指を置く――

母親は彼が美織と一緒になることを認めなかった。彼女は息子が自分から離れることを許さなかった。彼はどちらかを選ぶしかなかった。仕方のないことだったとはいえ、彼はずっとこのことで苦しんでいた。

母親が死んでから、幸生はよく彼女の姿を見るようになった。工房の薄闇に、朝霧漂う叢林《そうりん》に、夜のバス停に、母親はただ黙って佇み彼を見つめている。永遠に少女の姿のままで。もの言わぬ悲しみの塑像のように。

彼女はようやく思いを遂げたのかもしれない。母親は息子を取り戻し、彼女は彼の影となった。

旅が進むにつれて、幸生にとって現実はいよいよ不確かなものになっていった。追想発作がたびたび襲い来ては、彼を過去へと引き戻した。目覚めながらに見る夢の中で、彼は死者たちと交わり、過去を幾度も生き直した。

厚いカーテン越しに差し込む淡い落陽の光。母親が低く唄う子守唄。工房に漂う古びた時の匂い。暗がりに座る妻の悲しげな横顔――そういったものが、波のように寄せ来ては、幸生の心を浸し、雲母の欠片のように剝がれ落ちた彼の一部をさらっていった。

狂気から逃れるために走り続けていたはずが、いつの間にか彼は現実から遠く離れ、自分の立つ場所さえもわからないはぐれ子のようになってしまっていた。

四年が過ぎ、五年が過ぎ、そして十年の時が過ぎても彼はまだ走り続けていた。

妻はいまなお遠く、夏の日の逃げ水のように、確かに見えたはずの彼女の姿は、そこに辿り着いてみるといまだ同じだけ遠くに在って、彼は戸惑いながらもまた重い腰を上げ、愛する女性の影を追ってふたたび走り始めるのだった。

手持ちの金は早くに底をついたが、彼は親たちが残した家を売り払うことで旅の資金をまかなった。それでも食べられるものは限られ、彼の身体は徐々に痩せ細っていき、二本の脚は枯れ枝のように萎えていった。

ひと晩眠っても疲れが抜けず、冷えた朝には、決まって激しい咳の発作に襲われた。

いつの頃からか身なりにかまうこともなくなり、髪も髭も伸びるに任せ、服は薄汚れ、ぼろを纏った砂漠の巡礼者のような風体で彷徨う姿は、まるで彼自身が亡霊であるかのようだった。

彼の中で時は流れを止めていた。過去の日々が、浜辺に打ち上げられる漂着物のように、静かに寄せ来ては、また静かに去っていった。

永遠に回帰するいまを生きながら、彼はただひたすらに妻を求め流離《さすら》い続けた。

11

冷気が、優しさを装い、彼を眠りに誘った。

疲れた、と彼は思う。美織、おれはもう疲れたよ。

彼は目を閉じ、妻の姿を思い浮かべようとした。最期は愛しい妻の面影とともに
――

そのとき、なにかの気配が彼の頬をそっと撫でた。彼は瞼をゆっくりと開き、濁る視界で辺りを見回した。

森の奥、竹が深く茂るその先に仄かな灯りがともっているのが見えた。

ああ、と彼は呟いた。あれは――あれは、おれたちの……

彼はとうに尽きたはずの力が脚に戻るのを感じた。背を預けていた樹に手を掛け、

そっと立ち上がる。

彼は赤ん坊の歩みのように慎重に、一歩、また一歩と脚を前に出しながら、灯りに向かって歩いた。

竹林に分け入り、枯れ笹が深く積もる斜面を這うように上ると、やがて彼の目の前に一軒の長屋が姿を見せた。

磨り硝子越しに、部屋にともる電球の灯りが見える。

おれの家だ、と彼は震える声で呟いた。帰ってきたんだ……

木枠の引き戸をそっと開けると、玄関の三和土《たたき》に女物の木製サンダルがひとつ置かれてあるのが見えた。

彼はそれを見て、思わず涙を零した。皺だらけの両の手のひらをわななく唇に当て、彼は声もなく泣いた。深い頬の皺を熱い涙が流れていく。

美織……

彼は革のサンダルを脱ぐと、這いずるようにして部屋に上がった。そこには誰も居らず、ただ、ついさっきまで彼女がいたような痕跡だけが残されてあった。

卓袱台の湯飲みからは、つがれたままの焙《ほう》じ茶が湯気を立ち上らせ、そのすぐそばの畳の上には、編みかけの産着が丁寧に広げて置かれてあった。

書き物机の上のトランジスタラジオからは、雑音混じりの古い童謡が微かに聞こえてくる。

たしかに、と彼は思った。おれたちはここで暮らしていた……

あの柱に打ち込まれた二寸釘も、この畳の焦げ跡もすべて憶えている。書き物机の上に置かれた小さな卓上鏡。彼女はあの場所に座っていつも顔に化粧クリームを塗っていた。おれが見つめていると、彼女は嫌がってついと背を向けたものだった。押し入れの襖に貼られた千代紙は、おれがうっかり蹴飛ばして開けてしまった穴を塞いだあとだ。美織が器用に菊の花の形に千代紙を切って穴を覆ったんだ。

すべてがあのときのままだ。だが――

そのとき、この部屋と隣の三畳間とを仕切る襖がすっと開いた。

目を遣ると美織がそこにいた。臙脂《えんじ》のセーターに濃紺のスカート、白い前掛けをつけ、彼女は彼をじっと見ていた。

おかえりなさい、と彼女は言った。

彼はなにか言葉を返そうとしたが、胸がいっぱいでなにも言えなかった。ただ目に涙を溜めて頷くことしかできない。

和子がぐずるものだから、と彼女は言った。まだお夕飯の準備ができていないの。

もうちょっと待ってね。

和子？　と彼は呟くように訊ねた。

おれたちの——赤ん坊？

そうよ、と言って彼女は笑った。どうしたの？　なんだか変よ？

彼は小さくかぶりを振ると、彼女の視線に促されるようにして、三畳間の奥に置かれたベビーベッドに歩み寄った。小さな女の赤ん坊が、彼を見てにっこりと笑った。美織に似て綺麗な目をしていた。

べっぴんさんだね。振り向いてそう言うと、ええ、あなたとわたしの子だもの、と彼女は言った。

天井から吊るされた回転オルゴールを回すと、赤ん坊は高い声で嬉しそうに笑った。

彼はおずおずと手を伸ばし、娘の小さな指の前に自分の人差し指を差し出した。彼女は、彼の指をぎゅっと握りしめ、あう、と小さな声を立てた。彼女の指は驚くほど温かかった。胸の奥に、熱を帯びたさざ波が静かに広がっていくのを彼は感じた。

おれたちの赤ちゃん。おれたちの娘——

気付くと、すぐ隣に美織が立って、彼と一緒に赤ん坊の顔を覗き込んでいた。

なかなか眠ってくれないの、と彼女は言った。誰に似たのかしらね？　困ったものだわ。彼は愛する妻の横顔をじっと見つめ、それから、きみは幸せ？　と訊ねた。

ええ、と彼女はいくらか芝居掛かった仕草で頷いた。もちろん幸せよ。

あなたは？　と彼女が訊いた。

ああ、と彼は言った。幸せだよ。ずっときみに会いたかったんだ。ずっときみを探してた――

わたしはここにいたわ、と彼女は囁くように言った。ここでずっとあなたを待っていたの。赤ちゃんとふたりで。あなたが帰ってくるのを。

ごめんな、と彼は言った。涙で声が掠れていた。こんなに待たせてしまった……

彼女は黙ってかぶりを振ると、彼の頭に腕を回し、自分の胸に引き寄せた。彼女のセーターは安息香のような甘い匂いがした。

いいのよ、もう。いいの……。いまが幸せだから。これからはずっと三人で……。ずっと、ずっと……同じ時をわたしたちは巡るの。ずっと、ずっと……

三日後、村人が山に登ってみると、雪に埋もれ、そのまま息絶えた男の姿があった。

男は小さな石塚にしがみつくようにして死んでいた。それはずっと昔、ここに彷徨い来て行き倒れた若い女の墓だった。役場の職員だった村人は彼女を手厚く葬り、女が大事そうに胸に抱えていた木片とともに遺骨の一部をここに埋葬した。木片には、拙い手で、ただ「和子」とだけ彫られてあった。

いまひとたび、あの微笑みに

彼女のことはいまでもよく憶えている。忘れるはずもない。あれだけの長い時をともに過ごし、あのひとのすぐかたわらで、ぼくはそのひたむきな思いが静かに花開くのを見ていたのだから。

あれからもうすでに二十年近い月日が流れた。世界はすっかり様変わりし、ぼくの見知った人間は誰ひとりいなくなってしまった。寂しいことではあるけれど、あの頃の思い出はまだぼくの中に残されている。追憶は優しい隣人のように手を差し伸べ、ぼくを過去の日々へと誘ってくれる。そこではぼくは少しも孤独ではなく、いつだって嬉しそうに笑みを浮かべている。

幸福だった日々――

こうしてまたふたたびこの場所を訪れてみると、記憶にはいくつもの書き換えがなされていたことに気付かされる。芝に覆われた前庭は驚くほど狭く、施設の建物は記憶よりもはるかに小さい。時の浸食にかろうじて堪え、いまもまだ崩れずにはいるが、遠からずすべては取り壊され塵に返る運命にある。

整理人とでも呼べばいいのか、ぼくを招請したのは、見たところ二十代後半の美しい女性だった。癖のない黒い髪をひっつめにし、形のいい額を露わにしている。出迎えてくれた彼女は、ぼくが名乗る前から承知していたかのように親しげに頷き、建物の中へと招き入れてくれた。

この洋館は、もともと戦前に紡績工場の工場主が私塾を開くためにつくらせたものだった。寮生でも住まわせるつもりだったのか洋館の二階には小さくはあるけれど、南向きで日当たりのいい個室が二十室近くもあった。どのような経緯でこの場所が国の管理に置かれ、施設として供用されるようになったのか、それはぼくにもわからない。噂では当時このような形で子供たちを収容していた施設が他にもいくつかあったと聞いている。

ぼくらは一階の東端にある事務室に向かった。飾り硝子の高窓から淡い陽の光が入り込む玄関ホールも、歩くたびに不気味な音を立てる板張りの廊下も当時となにひとつ変わってはいない。午後の早い時間にもかかわらず廊下は薄暗く、あたりは古びた木造建築特有の、あの郷愁を誘うようなほの甘い匂いに満たされていた。教室や検査室の表示もまだそのまま残されてあった。食堂も、歌を唄うために籠もったリネン室、それに薬品庫やボイラー室も変わらずにあった。

懐かしさに胸が痛くなる。廊下を走る子供たちの姿がいまでも見えるような気がする。大人になってしまったぼくを追い越し、ボールを手にふざけ合いながら彼らは駆けていく。

失われた時がなぜこれほどまでに美しく感じられるのか。追憶とは寄る辺を失った人間に与えられたささやかな代償なのか。ときに狂おしいほどに迫り来る旧懐の情は不穏当なまでに激しく甘美で、ぼくはそこに救済の意図のようなものさえ感じてしまうのだが。

整理業務のための作業場はかつての職員室だった場所に設えてあった。

部屋に入ると、ぼくらは窓際に置かれた大きな古机を挟むようにして腰を下ろした。机の上には幾つもの書類の山が整然と積まれてあった。

「医療関係の記録は、別の場所に保管されています」と彼女は言った。

「ここにあるのは、すべて治療とは関係のないものです。多くはノートや本、スケッチブックといった子供たちの私物です。引き取られずに残っていたものをここに集めました」

「眞理枝《まりえ》のノートもこの中に？」

　ぼくがそう訊ねると、彼女はかぶりを振った。

「少しだけ事情が違います。手記と手紙は別館の図書室の書庫の中に半ば隠すような形で仕舞われてありました。解体作業をしている業者が見つけたんです。先週のことでした」

「申し送りも一緒に？」

「ええ、そうです」と彼女は言った。

「あなたに渡して欲しいと。それを言付《ことづ》かった子供が忘れてしまったのか、それともなにか行き違いがあったのか、とにかく、ずいぶんと遅れてはしまいましたが、ようやくお渡しすることができます」

　そう言って彼女はどこからか大きな封筒を取り出した。

「ひととおり目は通しました。それもわたしの仕事なので」

　わかってます。そう言ってぼくは彼女から封筒を受け取った。

「いま、お読みになりたいのなら」と彼女は言った。「あちらのソファーを使って下さい。わたしはここで仕事をしてますから、なにか訊ねたいことがあったら声を掛けて下さい」

　そして彼女はペンを手に取ると手元の書類に向かった。子供たちの私物の目録でもつくっているのだろうか。蠟引紙《ろうびきがみ》のように薄く透けた用紙に彼女は細かな文字でなにかを書き込んでいた。

ぼくは彼女に礼を言うと椅子から立ち上がり、部屋の奥に置かれたソファーに向かった。ソファーは褪せた緑色の布張りで、縫い目にはいくつもの綻《ほころ》びがあった。ぼくは腰を下ろすと封筒を目の前の小さなテーブルの上に置いた。鳩目の紐を解き中を確かめる。一冊のノートと小さな白い封筒がひとつ。ノートには見覚えがあった。浅葱《あさぎ》色《いろ》の表紙で、ただ素っ気なく「NOTEBOOK」とだけ白くレタリングされている。

ふいに記憶が蘇る。

彼女は窓辺の机に向かいペンを走らせている。ぼくは廊下近くの椅子に座り、逆光になった彼女を見つめている。眞理枝は裸足で、だとすれば季節は夏なのかもしれない。ガーゼのスカートを透かして見える彼女のしなやかな脹《ふく》ら脛《はぎ》の曲線。風にふくらむレースのカーテン。暗い廊下を渡り来るピアノの練習曲。

なにを書いているの？　と訊ねると、彼女は、わたしたちの物語、と答える。わたしたちがここにいたこと、ここで出逢い、そしてともに生きたこと、そのすべてを書き残しておきたいの。わたしたちの運命がどこに向かっているのか、それを知ることができたらと思う。でもそれは所詮無理なことよね。だから、せめて忘れ去られてしまうまえに、こうやって言葉で残しておこうと思ったの。

去りゆく定めにある者たちが抱く淡い夢。記憶の中に生きること。憶えていてね、と彼女は言った。忘れないで。

ぼくはページをめくり彼女が残した言葉をそっと辿る。

時を過去へと遡るために、追憶に棲まう人々と再会するために、そして、いまひとたび彼女のあの微笑みに触れるために――


ここは港のようなところなのかもしれない、と彼女は書き出していた。

長い長い旅に出るための最後の中継地。わたしたちは息を潜めそのときを待っている。海図はなく、目的の地さえも定かでない。それでもわたしたちは立ち止まることを許されずただ進むしかない。遥かな旅路の果てに、ふたたび仲間たちと巡り会えることを信じて――

＊

十五歳になった三日後にわたしは叔父に連れられこの施設にやってきた。

お定まりのあの予兆。肌に浮かぶ特徴的な発疹と原因不明の高熱。委員会から勧告を受けたわたしは、すぐにこの施設への入所を決意した。不慣れな共同生活から解放された叔父はどこかほっとしているようにも見えた。

わたしは叔父と二年半一緒に暮らした。叔父はいいひとで精一杯わたしによくしてくれたけど、それでもお互い気詰まりは感じていた。彼は孤独を愛する三十代の独身男で、子供の面倒を見るようにはできていなかった。叔父自身がまるで子供で、むしろわたしのほうが彼よりも歳上のように感じることさえあった。姉であるわたしの母と同様ひと付き合いがおそろしく下手で、叔父には恋人はおろか、友人と呼べるような存在さえ誰ひとりいなかった。

叔父の人生は果てのない後退の連続だった。はなから勝ち目のない戦《いくさ》に放り込まれた少年兵みたいに、彼はひどく混乱し、いつだって怯えていた。

施設に入って半年ほどはよく会いに来てくれたけど、やがてはそれも間遠くなり、一年も経つ頃には叔父の訪問は完全に途絶えてしまった。

幼い頃に父と生き別れ、そして母を亡くしたわたしにとって、叔父はただひとりの身内だった（継父——母の恋人はとても身内とは呼べない。彼はただのろくでなしで、最後までわたしとは赤の他人だった）。

それでもわたしは叔父の訪問が途絶えたことを寂しいと思ったことは一度もなかった。

なぜなら、外の世界との繋がりが断ち切られたそのときから、わたしは真の意味で自由となったのだから。

わたしが来た頃、この施設には二十八人の子供がいた。最初の症例が報告されてから八年。いまでは北半球の多くの地域に同じような施設がつくられている。

前例のない奇妙な病気。そもそも、これを病気と呼んでいいのかさえわからない。

最初は身体に発疹が出る。首の後ろや後頭部、そうでなければ肩胛骨《けんこうこつ》のあいだの細い谷間に。わたしたちはそれを徴《しるし》と呼ぶ。

叔父は初めてわたしの背中にそれを見つけたとき、まるで薔薇の花のようだ、と言った。わたしはそのたとえが気に入っている。なにかロマンティックな未来を暗示しているような気がするから。

それからしばらくして今度は熱がやって来る。おおむね一週間ほど。熱はときには四十度を超えることもある。

熱がもたらす昏迷の中でわたしたちは夢を見る。ひそやかで、どこか懐かしく、泣きたくなるほどに美しい夢。けれど、それを語る言葉をわたしたちは持たない。すごいんだ、と子供たちは口々に言う。ほんとにすごいんだ、あれは、まるで――そこで彼らは一様に口を噤んでしまう。

わたしたちは新しい言葉をつくるべきなのかもしれない。胸を震わす旋律のように、夜明けの光と影のように、もっと強い力で真実を描写する言葉を。

予兆から二年――長くても三年で「眠り」が訪れる。

獣の冬眠のように深く長い眠り。そこから目覚めた者はひとりもいない。最初の患者はもう六年以上眠り続けている。

実のところ治療というものはほとんど行われていない。大人たちはただ子供の眠りを見守るだけ。もちろん治療法を探していろんな研究がなされてはいるけれど、いまだ原因すら解明されていない。

わたしたちの施設でも、すでに四人の子供が眠りに就いている。

この洋館とは別の棟に設えられた無菌室で彼らは眠っている（眠る子供たちは感染症に罹りやすい。これはそのための措置だった）。わたしたちは見舞うことも許されず、ただ、委員会のひとたちから様子を伝え聞くことぐらいしかできない。

彼らの夢は同調している。きっと同じ夢を見ているんだ、とわたしたちは言い合う。

ここではないどこか。それはきっとあの昏迷の中で垣間見た光景の先にある場所。

そこでわたしたちは再会を果たす。

いつかまた、と子供たちは約束し合う。あの場所で会おう。そのときまで、少しだけさよなら。おやすみ。おやすみ――

ここは世界の涯《はて》に置かれた最後の避難所のよう。心地よい静寂と安らぎが柔らかな絹布のように子供たちを包む。寛容と深い相互理解がわたしたちを強く結びつける。

わたしたちは傷つきやすい心を持ち、そして多くの子供がすでに充分すぎるほどに傷ついている。それぞれが複雑な背景を持ち、わたしのように親を持たない子供も多い。

わたしたちは寄り添うようにして暮らしている。

年長者たちには個室を与えられているが、十二歳より下の子供たちは原則四人部屋で眠る。そのほうが寂しくないから。

それでも泣いてしまう子供には年長の者たちが添い寝してあげることもある。わたしたちは大きな家族のようなものかもしれない。みんな同じような心を持ち、面持ちまでもがどこか似ている。

ほんの少し遡れば、わたしたちはみな同じ土地に行き着くのかもしれない。同じ氏から分かれた兄妹たち。それがいままたここに集い身を寄せ合っている。吹雪に堪える極圏の鳥のように、子供たちは互いの温もりで命を繋ぐ。

ここより外の世界はわたしたちにはあまりに厳酷で、そこで生きていくことはとても難しい。

感受性が問題なのはわかっている。わたしたちは感じ過ぎる。過剰なこの世界――八月の陽の光、街のざわめき、行き交う人々が身に纏う廉価な香り、誰かが誰かに向ける悪意、羨望、嫉妬、そのすべてが大波となってわたしたちに襲いかかる。

閾値《いきち》の問題だと医者たちは言う。わたしたちはやり過ごすことが苦手だ。すべてを掬い上げ、取り込み、激しく反応してしまう。そしてやがては疲れ果て、傷つき、打ちのめされる。

そのこととこの病が関係しているのは間違いない。「眠り」は心的な防御反応なのだと説く研究者もいる。

いつか幸哉《ゆきや》が言っていたように、ここはわたしたちの星ではないのかもしれない。わたしたちは自分たちの世界から無理矢理引き離されここに来た。眠りはもといたところへ帰るための旅。そう思えば不安も薄らぐ。これはただの帰郷なのだから。家を持たないわたしたちが最後に帰り着く場所。そこでなら、わたしたちはわたしたち自身でいられる。もう、仮面を被る必要もない。

施設での最初の友達は、ひとつ歳下の弘巳《ひろみ》という名の男の子だった。彼は——というか、この施設の男の子たちはみんな多かれ少なかれその傾向があるのだけれど——性の曖昧な、まるで少女のような風貌をした美しい少年だった。きれいなものが好きで、小さなガラスのオブジェをたくさん持っていた。

施設に着いたその晩、食堂でひとり遅い夕食を摂っているわたしの隣に彼は座った。初めのうちはお互いただ黙って食べているばかりだった。髪が長く、細い首をした弘巳をわたしは最初女の子だとばかり思い込んでいた。

やがて、彼はジャケットのポケットからなにかを取り出すとテーブルの上に置いた。ガラスの一角獣だった。隣を見遣ると、彼はなにもなかったかのように食事を続けている。すぐにわたしは理解した。これはわたしたちの言葉。

わたしはジャンパースカートのポケットからマッチ箱ほどの大きさのオルゴールを取り出し一角獣のすぐ脇に置いた。

ずいぶんと経ってから、聴いてみていい？　と彼が小さな声で言った。

その声で初めてわたしは彼が男の子であることに気付いた。彼の声はとても嗄れていた。

「どうぞ」

わたしがそう言うと、弘巳はオルゴールを左手で持ち、右手でゼンマイを巻いた。わずかにひずみのある、細く高い金属音が物悲しい旋律を奏でた。

ビートルズ？　と弘巳が自信なさそうに言い、わたしが頷きながら「『ガール』って曲よ」と答えると、彼は嬉しそうに笑った。

わたしは一角獣を指さし、きれいね、と彼に言った。

「わたしも好きよ。きらきら輝くもの。ガラスも鏡も、水も星も」

ぼくもだよ、と彼は言った。

「ガラスの動物をいっぱい持ってるんだ。あとで見せてあげるよ」

ありがとう、とわたしが言うと、彼は少しだけ頬を赤くした。

そうやってわたしたちは友達になった。

わたしたちにはたくさんの共通項があった。夢見がちで、きれいなものが好きで、過度に感傷的なところ。それに音楽が好きで、絵画が好きで、とりわけ詩や小説が大好きなところも。既製の服が嫌いで、いつも自分の着るものには手直しを入れているところまでもが一緒だった。

半年ほど前、子供のひとりが屋根裏部屋で古い足踏み式のミシンを見つけた。みんなで相談した結果、ミシンはわたしの部屋に置かれることになった。それ以来、わたしは子供たちの仕立屋になった。町で買い求めた生地をわたしのところに持ち込み、彼らは自分たちの希望をあれこれと言い立てる。

わたしたちは簡素な服を好み過度な修飾を嫌う。身体を締めつけられることが大嫌いで、息苦しくなるからと言って靴下を履かない子供も多い。わたしたちは化繊が苦手で綿の服を好んで身に着ける。

こういった子供たちの好みを取り入れていくと、服はどれも似たようなものになってしまう。茶系やグレー系のスモックやジャンパースカート。男の子ならスタンドカラーのシャツ（彼らは高い襟が苦手だ。顎の辺りが気持ち悪いと訴える）やおおぶりのプルオーバー。

しばらくするうちに、施設の子供たちの服は、ほとんどがわたしのお手製ということになってしまった。わたしが仕立てたスモックを身に纏い廊下を駆け抜けていく少女たち。どれもが同じように見えるけど、ところどころに彼女たちなりの意匠がほどこされてあって、それがおしゃまな少女たちのささやかな自己主張になっている。

彼女たちは——男の子たちも——装飾品も苦手だ。身に着けるのはせいぜいが小さな髪留め程度で、年長の者たちでさえ腕時計、あるいはネックレス、チョーカーといったアクセサリーをまったく身に着けようとしない。

わたしたちは化粧をせず、香りを纏うこともなく、整髪料さえ嫌っていた。髪はお互いで切り合った。

わたしの髪は弘巳が、彼の髪はわたしがカットした。彼の腕前は確かで、子供たちの多くが彼に髪を切ってもらいたがっていた。

彼は柔らかくしなやかな指で優しく触れる。まるでカモガヤの穂を揺らす風のように。

彼の指で髪を梳かれると、わたしの中ですっとなにかが解けていくような気分になる。弘巳は器用でハサミをとても上手に使う（なのでわたしは服づくりも彼に手伝ってもらっていた)。

もっとも、わたしはシンプルな髪型を好んでいたので、せいぜいが毛先を揃えるぐらいのことしかしないのだけれど。

わたしは背中の中程まで伸ばした髪を額の真ん中でふたつに分けていた。夏の暑い時期やなにかの作業をするときは、それを馬の尾のように後ろで一本にまとめた。

弘巳の髪は肩まで届く程度の長さで、軽く横に分けた前髪がいつも左目に掛かっていた。ふたりとも髪はゆるく波打っていて色は黒よりは茶に近かった。

わたしたちは年子の姉弟のようだった。あるいは知らないひとが見たら姉妹だと思ったかもしれない。

弘巳は施設の男子の中でもとりわけ女性的で、彼自身もそれを強く自覚していた。

「ぼくは男でも女でもない」と彼は言った。

「もしかしたら同性愛者なのかもって思うときもあるけど、それって性指向の話でもあるわけでしょ? だとしたら、ぼくはやっぱり無性なんだ。きれいな身体は好きだけど、だからってそこになにかを感じるわけでもないし」

恋はしないの? と訊くと、彼は少し考えてからかぶりを振った。

「たぶん——。でも、いまはまだわからないよ。未熟なだけかもしれないし」

「そうね、まだあなたは幼いわ。ほんの子供……」

だがそれは彼に限ったことではない。わたしたちはみんな曖昧な季節に留め置かれた永遠の子供だった。

誰よりも早く思春期のとば口まで登りつめ、けれどまるでそこが最後の目的地であるかのように足を止めると、それきり先に進むことをやめてしまう。ある部分は早熟に、別のある部分はどうしようもないほど未熟なままに。

幼い頃から本を友としてきたわたしたちは、語彙《ごい》が豊富で大人びた口を利くけれど、内面はむしろ見かけよりもはるかに幼い。

わたしたちが恋が不得手なのは、そのせいなのかもしれない。

幸哉を知ったのは――厳密な意味では、それはもっとあとになるのだけれど――やはりこれも施設に着いた最初の夜のことだった。

あてがわれた自分の部屋のベッドの上で、わたしは窓の外に広がる叢林の黒い影を見つめていた。

慣れない匂いと（蜜蠟ワックスに使い古されたリネン、それに乳香のような樹脂の古びた匂いが部屋を満たしていた）胸に渦巻く熱を帯びた不安がただでさえ覚束ないわたしの眠りを妨げていた。

　わたしは風に揺れる木立の頂を見つめながら深い息を繰り返した。ほんの僅かでも眠りを手繰り寄せる足しになるのではないかと期待しながら。

　けれど、いっこうに胸のざわめきは落ち着く様子を見せず、眠りはどこかわたしの手の届かない遠くで、誰かのための夢を静かに醸していた。

　声を聞いたのはそんなときだった。どこか遠い部屋から廊下を伝って聞こえてくる。優しく旋律的なその声はわたしの耳に心地よく響いた。おそらく声の主は若い男性で、彼は静かに語りかけていた。途切れることなく、相槌《あいづち》を待つふうでもなく、ただ淡々と、低く謳《うた》うように。

　階下のボイラー室の重く沈んだ音が、波のように寄せ来ては声をさらっていった。そのたびにわたしは耳を澄ませ、見失った声を闇の中に探した。

　語りかけは一時間ほど続き、やがて、なんの前触れもなくふいに途絶えた。

　声が去ってしまうと、わたしはひとり取り残されたような気分になった。なんだかすごく悲しかった。

　もしかしたら、このときすでにわたしは恋をしていたのかもしれない。姿はなく、意味さえも聞き取れないような微かな声に、わたしの中のなにかが呼応していた。

燃え上がることも落ちることもなく、ただ静かに根を下ろす淡い思い。いまはもういない愛しい誰かの人生を顧みるような、そんな懐かしさや悲しみにも似た心の疼き

――

次の日、朝の食堂で、わたしはふたたび子供たちのざわめきの中にその声を聞いた。

顔を上げ目を向けると、わたしと同じ年頃の少年がパンを頬張りながら隣の男の子に向かってなにかをしゃべっているのが見えた。くしゃくしゃの髪と高い鼻、くっきりと腱の浮いた細く長い首。よれた麻のセーターの襟口からは形のいい鎖骨が大きく覗いていた。彼の目はほんの少しだけ斜視だった。

隣に座る弘巳に、あのひとは誰？　と訊くと、幸哉だよ、と教えてくれた。なんで？　と彼が訊くから、昨夜遅くまでずっとあのひとの声が聞こえていたの、とわたしは言った。

ああ、と弘巳は頷いた。

「読み聞かせだよ」と彼は言った。

「眠れない子供のために本を読んであげるんだ。幸哉はそれがすごくうまいんだ」

やがてはわたしもその役を引き受けることになる。子供たちはおしなべて眠る力が弱かった。生まれながらの不眠症患者たちが最後に患う病が「眠り病」というのも、なんとなく納得のできる話だった。自然は均衡に向かう。貸し借りはいつだって精算されることを望んでいる。

幸哉はどの子供からも人気が高かった。彼は話の中に自分の創作を織り交ぜてしまうので、いつでも物語は奇妙な終わり方をした。真面目な話が滑稽な結末を迎えたり、悲劇のはずがみんなで手を取り合ってダンスをしながら終わることもあった。人魚姫は声を取り戻し王子と結ばれ、ピーター・パンは憂い顔の青年となってネバーランドから追放された。

子供たちの寝付きの悪さは極めつきで、だから読み聞かせは深夜まで及ぶこともたびたびだった。

千紗《ちさ》という名の十一歳の少女はとりわけ幸哉がお気に入りで、いつだって彼を求めていた。おそらくは読み聞かせだけでなく、そのすべてを。

ベッド脇の椅子に座って幸哉が『嵐が丘』を読んでいるあいだじゅう（彼女はいつ

も大人びた小説を読んでもらいたがった)、千紗は熱を込めた視線をじっと彼に注いでいた。

彼女は肌が白く鹿のように大きな眼をした少女で、細く柔らかな髪をいつも三つ編みにしていた。言葉数は少なく、いつだって控えめで、だから彼女が幸哉に向けるまっすぐな感情を誰もが意外なことのように思った。

彼女は幸哉がふだん着ていた濃藍のシャツと同じ生地を町で買ってくると、これでワンピースをつくって欲しいとわたしに言った。彼女が望んだのは袖がふくらみ裾に襞のある可愛らしいデザインだった。

ミシンを使うあいだ、千紗はずっとそばに佇んでわたしの手元を見つめていた。そしてあるとき、眞理枝さんはいいね、とぽつりと呟くように言った。

なんで? と訊くと、彼女はかたい笑みを浮かべ、ううん、とかぶりを振った。

ただなんとなくそう思ったの、としばらくしてから彼女は言った。

幸哉が熱で寝込んだとき、わたしは付添い役を千紗と交代で受け持つことにした。彼女が眠りに入る半月ほど前のことだった。

わたしが彼女にその旨を伝えると、千紗は少し驚いたような表情を見せ、いいの?と消え入りそうな声で訊いた。

「ええ、もちろん」とわたしは言った。

「お願いするわ」

いつの頃からか施設では、熱を出した者には一番近しい人間が付き添うことがなかば決まりのようになっていた。もちろん医師や看護師たちも様子を見にきてはくれるけど、治療がなされることは滅多にない。

わたしたちは触れる。熱にうなされる子供たちの額や胸や腕に。静かにさすることで、熱の苦しみは軽減される。なぜだかはわからないけど、その効果は熱を出した者と、それに付き添う者との関係で大きく変わる。距離と、思いと。

夜はわたしが受け持ち、昼間を千紗が受け持った。朝方、幸哉の部屋にやってきた千紗にわたしは言った。

「幸哉は熱で眠ってる。だから、千紗が来たことはわからないかもしれないけど……」

彼女は静かに頷いた。彼女はあの濃藍のワンピースを着ていた。

「そのほうがいい」と千紗は言った。

「そうなの？」

「うん」

部屋を出るときふり返って見ると、彼女は汗で濡れた幸哉の額を指でそっと拭っていた。彼女の気持ちが痛いほど伝わって、わたしはなんだか泣きたくなった。

千紗が眠りに入る日、わたしたちは彼女の部屋に集まった。医師と看護師の他に十人ほどの子供が部屋の中にいた。

すでに微睡みかけている彼女に、わたしたちはひとりひとりお別れの言葉を告げていった。幸哉が千紗のベッドの脇に膝立ちすると、彼女は手を伸ばし彼の頰に触れた。

「いままでありがとうね……」と彼女は言った。

「たくさん――本を読んでくれて」

ああ、と彼は頷いた。そして、この指、と言って頰に置かれた彼女の手に自分の手を重ねた。

「あのとき、おれに付き添ってくれていたのは千紗だったんだな」

彼女は驚いたような表情を浮かべ、なにかを問うような視線をわたしに向けた。わたしは頷き、目でそっと彼女を促した。千紗はしばらく迷ってから、うん、と消え入りそうな声で言った。

待っててくれな、と幸哉は言った。

「遠からずおれも行く。そしたらまた読んであげるよ。『嵐が丘』だろうが『大いなる遺産』だろうが、なんでもさ」

ありがとう、と千紗は言った。

最後に彼女は、幸哉が朗読する『青い鳥』を聞きながら眠りに就いた。

いい夢を、と誰かが言った。別の誰かが、おやすみ、また会おうね、と呟き、それからほどなくして、わたしたちは彼女の部屋をあとにした。

眠りの日はみんな厳粛に振る舞う。一番幼い子供でさえ、いつもとは違って生真面目な重々しい態度でその場に臨もうとする。

いつのことだったか、幸哉が「眠りは通過儀礼のようなものなのかもしれない」と言ったことがあった。擬似的な死と、その先にある再生。

「おれたちはまだサナギなんだよ。だから、こんなにもぎこちないんだ。すべてが覚束なく、不慣れな感じがつきまとう。だけど、本来のおれたちはもっと自由なはずだ。重力だか空気の組成だかなんだかわからんけど、なにかがおれたちをこんなふうにしてしまってるんだよ」

ほんとうは空だって飛べるはずさ、違うかい？　そう言って彼は、わたしに微笑んでみせた。

わたしは彼の自信が好きだった。揺らぐことのない強さと、気抜けするぐらいの楽観主義。

施設でのわたしたちにはありあまるほどの時間があった。

「授業」と称して教室の机に留め置かれるのは日に一時間だけ。すべての子供たちがひとつの教室に入れられ、しかも先生（ほんとうは委員会の職員で教師ではないけれど、彼女はなにを訊かれても的確に答えることができた）はひとりしかいなくて、授業はすべて自習のみ。子供たちは勝手に自分の好きな科目を選び、わからないことがあれば手を挙げて彼女に訊ねた。

それ以外には検査と心理学者たちのカウンセリングがあるぐらいで、あとの時間をわたしたちはまるまる自由に使うことができた。

その時間の多くを幸哉は「つくる」ことに費やした。彼は自分の部屋をアトリエと呼んでいた。部屋の三方を分厚い工業用フェルトで覆い、そこに彼は蔓植物や羊歯を植え、まるで熱帯雨林のような情景をつくりだしていた。

幸哉はアトリエで塑像をつくった。多くは獣の姿。巨大な樹木に棲まう幾百もの猿や、湿原に群れる水牛たち。彼の作品にはいつも過剰さがつきまとう。なぜそこまで、と思うほどにつくり込み、終わることを知らない。

神さまの真似事をしてるんだ、と彼は言う。ただ、いまだに魂の入れ方だけがわからないんだ。それさえわかればね、こんな楽しい遊びはないのに。神さまが地球をこんなにしてしまったわけがよくわかるよ。

子供たちはみんな小さな芸術家だった。絵を描く子供、粘土をこねる子供、音楽を奏でる子供、みんなそれぞれがそれぞれのやり方で自分たちの時間を埋めていく。

わたしと弘巳はよく一緒に本を読んだ。詩を朗読したり、戯曲をふたりで演じ合うこともあった。テネシー・ウィリアムズの『ガラスの動物園』では、彼はローラを演じ、わたしが弟のトムと彼の同僚のジムを演じた。この性の逆転には奇妙な昂揚があった。わたしたちは『夏と煙』でもジョニーをわたしが、そしてアルマを弘巳が演じて、最後にはお互い顔を見合わせて笑ったりもした。

弘巳はピアノが上手で、教室の隅に置かれたアップライトピアノでいつもショパンを弾いてくれた。

幸哉がギターを弾き、それに合わせてわたしと弘巳で唄うこともあった。わたしたち三人はみんな古いフォークソングが大好きだった。「500マイルも離れて」、「漕げよマイケル」、それに「花はどこへ行った」。うろ覚えの歌詞はすべて幸哉が教えてくれた。彼は何百もの曲をそらで唄い、奏でることができた。一度聴いた曲は二度と忘れないのだと彼は言った。

わたしたちはリネン室に籠もって(ここだとまわりに音が漏れず、職員たちから苦情が出ることもなかった)、大好きなフォークソングを喉が嗄れるまで歌い続けた。

幸哉はバックパッカーという名の小さなギターを持っていた。それを持って散歩に出たときは、緑の中で子供たちが彼の伴奏に合わせて合唱することもあった。

わたしが彼と初めて言葉を交わしたのも、みんなで植物園へ散歩に出かけたときのことだった。

日に一度、大人が付き添って、子供たちは散歩に出かける。年長者は比較的自由に施設の外に出ることが許されているけれど、小さな子供たちの外出は厳格に管理されていた。もちろん、事故を恐れてのことだった。

だから、散歩には多くの子供が参加した。向かうのは施設の近くにある植物園やはけ下の養魚池。天気のいい日には少し足を延ばして天文台まで歩くこともあった。

施設に着いて三日目に、わたしは初めてこの散歩に参加した。

植物園までの道程は青葉が繁る並木道で、風に揺れる木漏れ日が、まるで幾千もの金貨をばらまいたみたいにきらきらと輝いていた。

わたしはみんなから少し遅れて歩きながら、見知らぬ土地の匂いに意識を注いでいた。

腐葉土や路肩に積もった花弁、老木の濡れた木肌、刈りたての芝から立ち上る草いきれ。匂いは色とりどりの蝶のようにわたしのまわりを飛び交い、やがてまたどこかへと漂い去っていった。

わたしは頭の中に香りの地図を描いた。空白が完全に埋まる頃には、わたしはこの土地にすっかり馴染んでいるはずだった。見通しをよくすること。偶発的な出来事からできるだけ距離を置くこと。それがわたしの心の平穏には欠かせないことだった。

未知の世界を精査し記憶することは、わたしにとってとても大事なことだった。

あまりに夢中になっていたので、わたしはいつのまにか幸哉が隣に来ていたことに気付かずにいた。

だから彼がバックパッカーの弦を鳴らしたとき、わたしはひどく驚いた。彼を見遣り、それがあの「語りかけ」のひとだとわかって、わたしはさらに驚いた。

彼はこちらを見ようともせず、ギターで単純な和音を繰り返しながらわたしの少し前を歩いていく。わたしはなにも言わずに黙って彼の後ろを歩いた。

しばらくそうやって、わたしたちは互いを意識しながら、けれどそれを表に出すこともないまま石畳の歩道を歩き続けた。

彼は様々な曲を奏でた。ほとんどは初めて聞く曲だったけど、中にはわたしが知っているメロディーもあった。わたしはギターの音に合わせて低くハミングした。わたしは唄うことが大好きだった。

しばらくすると、今度は彼がわたしのハミングにハーモニーを付けた。

ぎゅっと胸が締めつけられる。

ああ、とわたしは思った。この声――闇の先に見える遠い灯火のように、わたしを引き寄せ、向かわせるもの。あまりの切なさに泣きたくなる。

わたしたちは植物園に着くまで、言葉を交わすこともなく、ただ唄い続けた。

向かい合うのではなく、ともに同じ先を見つめながら、そっと距離を縮めていく。

それがわたしたちのやり方だった。

植物園に着くと、彼は藤棚のベンチに腰掛け、ギターをかたわらに置いた。わたしは彼から少しだけ離れてベンチに座った。子供たちは煉瓦で作られた池に身を乗り出し、熱心に水の中を覗き込んでいた。

洋司《ようじ》は、と幸哉が言った。問うように視線を向けると、彼は顎でひとりの少年を指し示した。古びたむく犬の縫いぐるみを抱きかかえた七、八歳ぐらいの男の子が集団から一人離れ、ぽつんと佇んでいた。雨でもないのに、彼はなぜか黄色い長靴を履いていた。

「あいつはきみよりも半月ほど前に施設に来た」

幸哉はそう言ったあとで、まだ馴染めずにいるんだ、と独り言のように呟いた。

彼の声は唄っているときや朗読しているときとは違って、どこかぎこちなく、幼く響いた。

彼は洋司に、一緒に歌を唄わないか？　と声を掛けた。

「みんなで一緒に唄ったらすごく楽しいと思うんだけどな」

いいよ、と洋司は言った。

「唄ってあげる」

わたしたちは一緒に「ドレミの歌」を唄い、「静かな湖畔」を輪唱した。洋司の声は細く澄んだボーイソプラノだった。わたしたちの声は驚くほどよく響き合った。やがて三人の歌声に気付いた子供たちが集まり、最後はみんなの大合唱になった。歌が終わると洋司は他の男の子たちと一緒に芝生の広場を目指して駆けていった。

うまいのね、とわたしが言うと、幸哉は、まあね、と言って肩を竦めた。

「ギターではなく、いまのことよ。あの子、もうすっかり馴染んじゃったわ」

そうかな、と彼は言った。

「ならいいけど」

「ええ」

おれ自身がまだ子供だから、としばらくしてから彼は言った。

「だからわかるんだよ。自分のことのように」

「わたしもよ。わたしも子供なの」

そう言うと彼は小さく笑った。

「だろうね。だからおれたちはここにいるんだ」

だって、と彼は芝の上を駆け回る子供たちを見遣りながら言った。

「ここそが本当のネバーランドなんだからさ」

このようにしてわたしたちは知り合い、そして多くの時間をともに過ごすようになっていった。

日に一度の散歩の時間以外にも、わたしたちはよく一緒に施設の外を歩いた。洋館のすぐ向かいにある叢林や修道院近くの薄暗い坂道、湧水沿いの小径や寺院の参道。ときにはバスに乗って年長者だけで町まで行き、たくさんの生地と糸とボタンを買って帰ることもあった。

夏の夕暮れには飛行場まで足を延ばし、白い軽飛行機が小さな滑走路に、まるで水鳥のように舞い降りるのを眺めたりもした。

けれど、わたしたちが一番愛したのは天文台の赤道儀室だった。もう何年も前に使われなくなった大赤道儀室は、まるで巨大な円天井の礼拝堂のようだった。

この仄暗い空間で、わたしたちは多くの時間をともに過ごした。

弘巳は小さな木枠の窓から入る光を頼りに本を読んだ。彼の一番のお気に入りは『大いなる遺産』だった。どういう理由からかはわからないけれど、彼はミス・ハヴィシャムにひどく肩入れしていた。ぼくも花嫁衣装を着たまま一生を独り身で過ごすんだ、と真顔でわたしたちに言ったこともあった。

幸哉はそんな弘巳に、「ならば、あの洋館の名前を『満足荘』に変えなくちゃ」と言って笑った。

でも、たしかにわたしたちは満たされていたのだ。

ここで子供たちとともに過ごしていると、外の世界のことがまるで嘘のように思えてしまう。

彼らはみんな架空のゲームに興じている。終わることのないから騒ぎ。無意味な序列争いや果てのない点取り合戦。けたたましいわめき声と尾を引くようなすすり泣き。わたしたちは蹲《うずくま》り耳を塞ぐ。それでも大人たちは無理矢理わたしたちの腕を取り、真実を見ろ、と強く迫る。

なんのために？

わたしたちは美しいものを愛す。夜明けの川面を漂う白い靄《もや》、冬に葉を落とした木々の蒼いシルエット、電球のフィラメントのオレンジ色の光、愛するひとを気遣い思いやる心、遠慮がちな仕草、真夜中の親密な囁き——

それこそがわたしたちの真実だった。わたしたちは、この場所でなら本当の自分でいられる。大人たちの真似を強要されることもなく、彼らの意に沿わないばかりに、間違っていると罵られることもない。

幸哉は他の見学者がいないときにはバックパッカーで美しい旋律を奏でた。多くはどこかよその国の古いフォークソングだったけど、ときにはクラシックの小品や宗教曲をまるでチェンバロのような音色で奏でることもあった。巨大な木製の円天井はギターの音を優しく包み込み、幾重にもこだました旋律を淡い雪のように降らせた。

彼はこの場所が好きだと言った。

「たぶん、この古びた木の匂いのせいなんだろうな。ほんの小さな子供だった頃のことをよく思い出すんだ」

「たとえばどんな？」

「たとえば——たとえば、そう、おれはまだほんの五つぐらいで、近所の子供たちに騙されてドブに落とされるんだ——」

つらい思い出ね、とわたしが言うと、彼は、そうでもないさ、と肩を竦めた。泣いて家に帰ると母親がいてね、と彼は続けた。

「彼女は、たったいま目覚めたばかりのような、どこかとりとめのない表情でおれを見るんだ。部屋の窓は緞帳のようにぶ厚い緋色のカーテンに覆われていて、まるでそこだけが夕暮れどきのように薄暗くてさ、ラジオからは『ペール・ギュント』の『朝』によく似た曲が流れてた。もしかしたら、ほんとにあの曲だったのかもな」

彼は出だしの数小節をハミングすると、どうかな、と言ってかぶりを振った。

「まあとにかく、そんな感じさ。で、母親はおれが泣いていることに気付くと、手を差し伸べてほっぺたを拭ってくれたんだ。大丈夫よ、って言いながら髪をなで、おれの額に何度もキスしてくれた」

彼は小窓から斜めに差し込む光の帯に目を遣り、大きく息を吸い込んだ。

「なんていうか、おれはそのとき気付いちゃったんだな。遠からずおれの本当の意味での子供時代が終わってしまうってことにさ」

「そう?」

そうさ、と彼は言った。

「おれの母親はどうしようもないほど幼くて、あの頃でさえ、すでにおれを頼るようになっていた。おれは大急ぎで成長する必要があった。ママを守れるのはぼくだけなんだ、って、けなげにも五歳のおれは、そう思ったんだ」

「いまは?」

ん? と彼は問うようにわたしを見てから、ああ、あのひとかい? と言った。

「病院にいる。ずっとそこで暮らしてる」

「病院？」

「うん、まあ、それが最善のやり方だったってことだよ。とにかく、おれたちは手持ちのカードでなんとかやり繰りするしかないんだ。たとえそれがクラブのワンペアであったとしてもさ」

彼には週末に見舞いに来る人間が誰もいなかった。わたしもある時期から叔父の訪問は完全に途絶えていたし、それは洋司にしても同じだった。

もっとも洋司は、いつも週末になると父親が見舞いに来るのを心待ちにしているようだった。

「だって約束したんだ」と彼は言った。「来てくれるって、言ったんだよ」

二階の窓から他の子供たちの親が訪れるのを眺めながら、洋司はいつもなにかを堪えるように小さく身体を揺すっていた。そのたびに腕に抱いたむく犬の首が悲しげに揺れた。

そんなときわたしたち三人は、そっと施設を抜け出し公園に向かった。

背の高い樹木に囲まれた公園は一面を芝生に覆われ、そこでひとびとは日光浴をしたり、新聞を読んだり、静かに語り合ったりしていた。子供たちは駆け回り、赤ん坊はベビーカーの中で気持ちよさそうに眠っていた。

公園には週末にだけ移動ソフトクリーム屋が来て店を開いた。三種類のソフトクリームと本物のフルーツジュース（頼むと目の前で搾ってくれる）、それにクッキー。

店は父親とその娘のふたりでやっていた。娘はまだ十二歳ぐらいで、髪を三つ編みにし、いつも真っ赤なエプロンを着けていた。

わたしたちは身の回りの品を買うために幾らかのお金を与えられていた。親から渡されていた子供もいたし、そうでない子供は委員会から支給された。

そのお金でわたしたちはチョコレート味のソフトクリームを買い、オレンジジュースとクッキーも買った。ソフトクリームはほとんど洋司がひとりで食べた。

公園にはたくさんの家族がいたけれど、それを言うならわたしたちだって家族だった。わたしたちは互いを気遣い、互いの幸福を願いながらともに暮らしていた。

洋司に寂しい思いはさせたくなかった。せめて眠りに就くまでのあいだだけでも、楽しい思い出をたくさんつくってあげたかった。

週末のお見舞いは、多くの子供たちにとって最高のひとときとなった。大きな腕に抱きしめられ、懐かしい匂いに包まれる。頼んでいた本や画用紙や楽譜が届けられる。

もちろんそうでない子供もいる。わたしたち三人以外にも訪問者のない子供はいたし、義務感だけでやって来る大人たちのおざなりな態度に傷つけられる子供もいた。子供たちはその多くが複雑な背景を持ち、親たちもけっして楽な人生を送っているわけではない。だからこそ、わたしたちはこの施設にいるのだ。

わたしたちは血に縛り付けられている。

わたしたちの問題は、そのまま親たちの問題でもあった。

ある部分がどうにも未熟なことや感覚が過敏なこと、世界に対する強い違和感、過度の不安や感傷。あれもこれもと重なるところを数え上げていったらきりがないほどだ。

だからなのか、わたしたちは物事を宿命論的にとらえる癖がついている。すべては自分が生まれる前から定められていたのだと感じてしまう。

この病もそう。あるときが来たら、逃れようもなく発病する。肩胛骨の谷間に浮き出た薔薇の徴は生まれる前からの刻印で、それはお札の黒透かしのように陽にかざすことができたなら、きっと赤ん坊のときにだって見えたはず。

こんなふうに考えるからなのか、わたしたちはみんな神秘的、宗教的なものに親しみを覚える。素朴な神話やおとぎ話、妖精や人魚や精霊たちこそが、わたしたちの物語であり、愛すべき隣人たちだった。

わたしたちのこの感覚を幸哉はうまい言葉でもってひとことで言い表した。「宗教的無神論者」。ある有名な哲学者がそう呼ばれていたんだそうだ。たしかに、わたしたちはひとりの決まった神さまだけを信じているわけではない。

もしかしたら、これは無意識の世界、つまりは遠い先祖たちから引き継いだものの見方なのかもしれない。

宗教的と言えば、わたしたちの楽しみに講堂での合唱があった。

言い出したのは一番年長の百合枝《ゆりえ》という子で、彼女は幸哉よりも六ヶ月歳上だった。色が雪のように白く、髪はわたしよりもさらに明るい色で、それをいつもきれいなシニヨンにまとめていた。

彼女は何人かの親しくなった子供たちに声を掛け、最初はほんの数人で講堂での合唱を始めた。彼女は九歳のときからずっと日曜学校で賛美歌の伴奏をしていた。オルガンは初めから講堂に置かれてあった。古びた足踏み式のオルガンで、それは彼女が長年使い慣れた楽器でもあった。

曲目は賛美歌が中心だった。彼女はときおりそこに自分がつくった曲を織り込んだ。

素朴で美しい旋律。わたしはなぜか初めて聞いた瞬間に、この曲はわたしに似ている、と思ってしまった。理由はない。ただ、聞いた瞬間にそう感じたのだ。わたしは花浅葱、わたしは紫水晶、そう思うのと一緒で、その思いがどこから来るのかは、まったくもって謎だった。

稲妻が空と大地をつなぐように、白い神秘的な光がわたしとなにかを瞬時に結びつける。

そしてその結びつきは、いつだって絶対だった。直感は嘘を吐かない。

参加者はどんどんと増えていった。幸哉は比較的声が低かったので大事なメンバーだった。それでも低いパートが足りないときは、職員のひとたちに加わってもらうこともあった。

子供たちはこの合唱に夢中になった。みんな賛美歌が大好きで、繰り返しの練習を厭うこともなかった。

その中でもとりわけ洋司は熱心で、誰よりも多く練習に参加し、歌詞の憶えも早かった(もっとも彼にとって賛美歌の歌詞は呪文のようなもので、意味をちゃんと理解しているかどうかはあやしいものだったけど)。

彼は幾つかの曲でソロパートを任され、あのよく澄んだボーイソプラノで、かなり技巧的な難しい曲でさえも、いともやすやすと唄いこなした。

彼は歌を愛していたばかりでなく、歌からも愛されていた。旋律の中に身を置くことで、彼は束の間の夢に浸ることができた。世界との完全な調和。生きることすべてが覚束ない洋司にとって、それはなにものにも代え難い至福の瞬間だった。


洋司のために、百合枝は子守唄をつくってくれた。

洋司は子供たちの中でもとくに眠る力が弱かった。朝まで眠れずにいることもたびたびで、そのせいなのか、彼の顔はいつだって季節はずれのプールに浸かったあとのようにひどく青ざめていた。

子守唄を唄うのはわたしの役目だった。わたしは彼の肩をそっと叩きながら、低く囁くように唄った。長い曲だったけど、それでも五分もあれば終わってしまう。だから歌は何度でも繰り返された。

彼は眠るときもむく犬の縫いぐるみを離さなかった。初めてできた友人なのだという。

「コロっていうの」と洋司は言った。

「ぼくの四歳の誕生日にお父さんが買ってきてくれたんだ」

彼には毛布の縁を舐める癖があったので、そこにはガーゼが縫い付けられてあった。

古びたネル製の友人を抱きしめ、変色した毛布の縁を小さな唇で挟みながら、彼はいつだって辛抱強く眠りが訪れるのを待っていた。瞼をきつく閉じ、睫《まつげ》を小さく震わせて——

洋司はよく熱を出した。彼が熱を出したときの付添い役はわたしと幸哉が受け持った。

出逢いのときに刷り込まれてしまったのか、洋司の中ではわたしと幸哉はふたりでひと組になっていた。彼はわたしと幸哉が一緒にいることを強く望んだ。洋司にとってわたしたちは完全五度の和音のようなものだった。安らぎをもたらす心地よい組み合わせ。

熱のときは、できるだけわたしたちも洋司の望みに応えるようにした。読み聞かせが終わると、幸哉はそっと洋司が眠る部屋に身を滑り込ませてきた。

熱が出ると——とくに高熱になると子供はひとり部屋に移される。他の子供たちへの気遣いからだった（彼らは同調しやすく、幼い子供はとくに影響を受けやすかった）。

どう？　と彼が訊ね、いまは眠ってる、とわたしが答える。代わろうか？　と幸哉が言い、わたしは頷いて彼に椅子を譲る。部屋は静けさに包まれ、淡い蠟燭の灯がわたしたちをやさしく照らしている。

子守唄を唄ってあげたの？

ええ、さっきまで。

可愛い寝顔だ。

ええ、そうね——

そんなふうにして、付き添いの夜は始まる。

初めての夜、彼は、知ってるかい？　とわたしに訊いた。

わたしはベッドの横に座り、寝息を立てて眠る洋司の胸を静かにさすっていた。

なにを？　とわたしが訊ねると、彼は戯《たわ》けたように首を揺すった。

「おれたちはよく似ているってこと」

「ええ、気付いていたわ」とわたしは言った

「わたしたちは、みんな兄妹のようによく似ている」

「外見だけじゃないよ」と彼は言った。

「中身だってそうさ。おれを診た先生が教えてくれたんだ。おれたちの性格検査の結果はどれもよく似ているらしい。裏で申し合わせでもしてるのかい？　って言って笑ってたよ」

「そんなに？」

「うん」

幸哉は、どう思う？　とわたしに訊いた。

「どう思う、って？」

「つまりさ、それって最初から手の内をさらしながらカードゲームをしているようなもんだろ？　おれたちはそういうのに慣れていない。理解されること。心を読まれる

こと――」

おれたちは、とんでもないはにかみやだからさ、と彼は言った。

「なんでか知らんけど、とにかく、そういうふうに生まれついてしまった。ずっと自分を隠して生きてきたのに、ここでは――」

「どうなるの？」

「さあね、読心術の達人にでも囲まれているような気分になるのかな？　きみはどう？」

わからないわ、とわたしはかぶりを振った。

「たしかに、外とは違うって感じるけど。不思議なほど通じ合えるときもある。でも、だからって、相手のすべてを見通せるわけではないし――」

ならば、と幸哉は言って、わたしの喉の辺りに視線を据えた。彼は丸椅子に座り、ベッドのヘッドボードに肘を預けるようにして、洋司の胸をさするわたしを見ていた。

「おれがいまなにを思っているかわかる？」

わたしはしばらく考えてから、静かにかぶりを振った。

「残念ながら」とわたしは言った。

「わたしは読心術の達人じゃないから――」

ならいい、と幸哉は言った。そして、おれもさ、と言って小さく笑った。

「なにも読めなかったよ」


わたしたちは矛盾したふたつの感情を抱えている。理解されたいと願い、けれど自分の心を知られるのがどうにも恐くて仕方ない。距離をつめながら、その一方でつねに退路を探すように気を配り続けてもいる。身についた婉曲語法と回避的な態度。彼が言うように、わたしたちの感じ方はとてもよく似ている。でも、だからといって、相手の心が読めるわけではない。確信を持ってそうだと言えるときもあるけれど、もちろん、そうでないときのほうが多い。とくに相手に好意を抱いているときは、もどかしいほどに、なにも見えなくなってしまう。


わたしはつねに中立的な態度で彼に接し続けた。好意を知られるのが怖かった。どれほど慎重に振る舞っても、どこか見透かされているような気がして、わたしはいつも落ち着かない気分になった。

それでもわたしは、付き添いの夜の親密さを愛していた。

わたしは新しい感情を発見し、おずおずとそこに身を委ね、それが悦びであることを知った。

彼はわたしを知りたがった。なにが好き？　なにが嫌い？　なにが怖い？

まるで性格検査の先生みたい、と言うと、まったく違うよ、と彼は言った。

「これは会話だよ。テストじゃない。ちゃんと血の通ったごく個人的な質問さ」

わたしは頷き、花が好きよ、と彼に告げた。たったそれだけのことで自分の頬が赤く染まるのがわかった。

「露草の青い色が好き。スイカズラの甘い香り、かすみ草の白い花も」

「うん」

「きれいな言葉が好き。優しい心も好きよ。あとは――きらきら輝くものならなんでも、それに――」

「それに？」

ううん、とわたしはかぶりを振った。

「こんなの、きりがないわ」

自分を語ることは一枚ずつ服を脱いでいくことにも似ている。言葉を放つごとに、わたしはどんどんと心許なくなっていく。なにを語っても、それが彼への思いを仄めかす、遠回しな告白になっているのではないかと不安になる。

　ならば、と彼は言った。

「なにが嫌い？」

　質問されること、と言うと、彼は声をたてて笑った。

「だったら、おれが言うよ」

　幸哉は、大人はみんな嫌いだ、と言った。

「じゃあ、圭子《けいこ》先生も？」

「ああ、そうか。うん、全部っていうのは言い過ぎだな」

　圭子先生とは、わたしたちの授業を見てくれる、あの女性職員のことだった。

　彼女はいいひとだよ、と彼は言った。

「これはおれの好きなもののひとつになるな」

「そうね」

「彼女は偉ぶらない。押し付けがましくもない。相対的なものの見方を知っている。かつては自分も子供だったってことをきちんと覚えてる」

「なんで独身なのかしら？　すごく魅力的な女性なのに」

彼女はすでに三十代の後半に入っていた。

「なにか欠けているところがあるんだって自分では言ってる。『ガラスの動物園』のローラって知ってるだろ？」

「知ってるわ。とても悲しい女性」

「うん。あのローラみたいなものなんだって、いつか言ってた。ローラは脚が悪いけど、自分はもっと別のなにか、目に見えないなにかがうまく働かないんだって」

「でも、だからって――」

「まあ、そうなんだけどさ。それは言い訳にすぎない。本人だってわかってるよ」

「そんな話までするの？」

うん、なぜだかね、と彼は言った。

「いつだったか、そんな話になったことがあったんだ」

それから幸哉は、つまり自分が嫌いなのは、偉ぶって、押し付けがましくて、独善的で、すっかり子供時代を忘れてしまった大人なんだ、と言った。

「大人の中の大人。実に大人らしい大人」

「なら、うちのお母さんは違うわ。叔父さんも」

「こないだお見舞いに来たひと？」

そう、あのひと、と言ってわたしは頷いた。

「まるで子供なの。手の掛かる坊やみたいに。身体は大人だけど、心はほんの九歳で止まってる——」

たしかに、と彼は言った。

「ひとめでわかった。彼は子供だ。叔父さんというよりは、きみの甥っ子みたいだった」

彼は叔父の表情を真似てみせた。それは叔父がよく見せる、心ここに在らずといった感じの奇妙に視線の定まらない顔で、彼は驚くほどうまく似せていた。いつ見ていたんだろうと、わたしは不思議に思った。

「最初は、きみのお父さんだと勘違いしてたよ」と彼は言った。

「お父さんはいないの。わたしがまだ小さかった頃に家を出て行って、それきり」

「じゃあ、それからは、お母さんとふたりきり？」

「お母さんのボーイフレンドはいたけど」

なるほど、と彼は言った。

「複雑なんだね」

「そうね、少しばかり」とわたしは言った。

彼は、おれも似たようなものさ、と言った。

「もともと父親はいなかった。少なくとも物心ついた頃にはすでに。だから、おれは勝手に自分の父親は鱗翅類《りんしるい》学者なんだって思うことにした。蝶を追いかけて、アジアのどこか辺境をさ迷ううちに消えてしまったんだと。あの有名な亡命作家の小説みたいにさ」

生活はすべてお祖母さんが面倒見てくれた、と彼は言った。

「たいした女傑なんだ。半世紀越しの未亡人で、旦那の遺産をうまく運用しながら、悠々自適な生活を送ってる」

「いまも？」

「うん、ぴんしゃんしているよ。おれのことは嫌ってるけど」

「どうして？」

「ひとり娘の不幸の元凶だと思っているからさ」

「そうなの？」

まあね、と言って彼は肩を竦めた。

「おおむね、そういうことになってる」

束の間の沈黙を置いたあとで、彼は、なあ、眞理枝、とわたしに呼びかけた。初めて名前を呼ばれたような気がして（実際にそうだったのかもしれない）、わたしはどきりとした。

「なに？」

「おれたち、出逢えてよかったな」

わたしはすぐには応えられずにいた。胸が大きく騒いでいた。

彼はとくにわたしの言葉を待つふうでもなく、くつろいだ調子でさらに続けた。

「おれたちはもう孤独じゃない。ここここそが本当の家なんだ」

そこまで聞いて初めて、わたしは詰めていた息を吐くことができた。

そうね、とわたしは言った。

「ここは、わたしたちの家」

「ああ、そうさ」

そのあとで彼が独り言のように呟いた言葉を、わたしは不思議なほどいまでも鮮明に覚えている。声の抑揚や、語尾が微かに震えながら、淡い光の中に消えていった様までも。

彼はこう言ったのだ。

もしかしたら、天国ってこんなところなのかもしれないな、と。

また別の夜は、自分たちの年齢——心の成熟を数える真の年齢の話になった。

彼は自分は十一歳の少年なのだと言った。

「きみの叔父さんよりは幾分かましだけど、まあ、覚束ないことこのうえなしさ」

「そう？」

「ああ、間違いない」

わたしはいつも自分を十二歳だと感じていた。理由はない。けれど、それこそが直感が告げるわたしの真の年齢だった。

そのことを彼に話すと、じゃあ、眞理枝はぼくのひとつ上の姉さんだ、と言った。

「しっかり者の姉き、頼むぜ」

「そうなの？」

彼はなにも言わず、ただ小さく肩を竦めただけだった。

この一歳の差が、わたしたちを大きく隔てているような気がしてならなかった。

彼は無邪気な態度で、いつも気安くわたしに接してくれる。けれど、裏を返せばそれはわたしに対してなんの含むところもないからであって、だとすれば、この親密さは子供たちの幼い友情と少しも変わらない。

わたしひとりが頬を染め、言葉の裏を探り、情緒的な言質《げんち》を取ろうと必死になっている。とんだ空回り。

わたし自身には性的な萌芽があった。それはまだ未熟で淡いものではあったけど、それでもわたしは肌の触れ合いのもうひとつの意味に気付いていた。

わたしたちは触れ合うことには慎重で、いつも気を付けてはいるけれど、それでも何かの折に互いの肌が触れてしまうことはある。そんなとき、彼は、おっと、とか、失礼、とかまるで茶化すみたいに言って、その場を遣り過ごしてしまう。彼も緊張しているのだ。けれど、そこにもうひとつの側面——性的な恥じらいはまったく感じられなかった。

ある夏の日のこと。

わたしはこの施設に来て四度目の熱を出してベッドに臥せっていた。

とても暑い日で、夜になっても気温はいっこうに下がらず、開け放たれた窓からときおり吹き来る風は、まるで巨人の吐息のように湿り気を帯びて生ぬるかった。

わたしの付添い役は弘巳だった。

彼は濡れタオルでわたしの額を冷やしてくれた。タオルを浸すための洗面器には大きな氷の固まりが入っていた。

弘巳はわたしに、苦しくない？　と訊ね、大丈夫よ、とわたしは彼に答えた。

最後の眠りに入るまで、熱は何度でもやってくる。発熱の頻度は徐々に変化してゆき、それが来たるべき旅立ちの日を教えてくれる。単純な計算式が告げる予言は、驚くほど正確だった。

慣れているとは言っても、熱がつらいことに変わりはなかった。

荒い息を吐くわたしの腕を弘巳は優しくさすり続けてくれた。ときには彼に背を向け、タンクトップをめくり上げて、肩胛骨のあいだをじかにさすってもらうこともあった。

弘巳はわたしの背の徴を見て、ほんとうに薔薇みたいだ、と言った。赤い薔薇。

「そう？」

「うん、とてもきれいだよ」

弘巳は指の先で薔薇の輪郭をそっとなぞった。

わかる？　と彼が訊き、ううん、とわたしはかぶりを振った。

「見たことはあるの？」

「あるわ。鏡で」

ぼくのはただのサークル、と彼は言った。

「薄桃色のサークル」

「ドーナツね。ストロベリーチョコレート味の」

それっていいね、と弘巳は嬉しそうに笑った。

「なんだか美味しそうでさ」

弘巳となら、わたしはくつろいで話をすることができた。肌の触れ合いも慣れてしまえば恐くはなかった。わたしたちは姉妹のように打ち解け合って、互いのずいぶんと踏み込んだ部分まで見せ合えるようになっていた。

「また、始まったね」と彼は言った。

「幸哉の朗読。聞こえる？」

「うん、聞こえる。千紗の部屋ね」

「今夜も『嵐が丘』だ」

窓が開け放たれているせいで、声は他の季節よりもよほどよく伝わってきた。

「千紗は、ほんとうは激しい気性の持ち主なのかもしれないね」と彼は言った。

「あんなふうに、ひっそりとした印象だけど」

わかるわ、とわたしは言った。

「わたしたちは、みんなそうでしょ? 多かれ少なかれ、みんなそんな部分を持ってる」

「眞理枝も?」

もちろん、とわたしは言った。

「表にはあらわさないけど、いろんな感情が渦巻いているわ。心の奥底では」

ほんとに? と彼は言った。

「ほんとよ」

「たとえばどんな?」

「たとえば――」

わたしの不安。

子供たちは眠りを恐れない。むしろその日が来るのを待ち望んでさえいる。わたしはそのことが恐い。眠りの果てにある場所。それがどんなところなのか、わたしにはうまく思い描くことができない。彼らが幸福そうな顔で語るのを見ていると、わたしはひとり取り残されたような気分になる。

わずかばかりの成熟と引き替えに、わたしは大事ななにかを失ってしまった。かつては見えていたはずの風景をわたしは見失い、いまは道標のない荒野でひとり行き惑っている――

わたしが先の言葉を言い淀んでいると、彼は手を止め、ぼくだってそうさ、と呟くように言った。

「いろんなことを考えるよ。ときどき自分が恐くなるんだ」

「そう?」

「うん」

それ以上彼はなにも言わなかった。しばらく押し黙ったあとで、髪が伸びたね、と言って、彼は指でそっとわたしの後ろ髪を梳いた。

「いずれ切らなくちゃ」

「ええ、またお願いするわ」

いいよ、と彼は言った。

「こんなことでよければね。いくらでも」

夜が更けるにつれて熱はさらに上がり、疲れ切ったわたしはいつのまにか眠ってしまった。

いつの頃からか、熱の夜に見る夢は、わたしの不安な心をそのまま映すような、暗く重苦しいものに変わっていた。深い霧の森や、ほんの少し先も見通すことのできない夜の大海原。手探りで進む巨大な暗渠《あんきょ》。わたしは孤独だった。あまりの不安に、涙がとめどなく溢れ出す。

このときもそうだった。気付くと、わたしは声を立てて泣きながら眠っていた。誰かが呼びかける声に目を醒まし、わたしは自分がしゃくり上げていたことに気付いた。

朝はまだ遠く、窓から漂い来る空気はいつのまにかひんやりと冷たくなっていた。

泣いていたね、と言われ、わたしはベッドのかたわらに座るひとが弘巳ではないことに気付いた。

なぜ？　と言いながら、わたしはそっとタオルケットを胸まで引き上げた。

「幸哉がここにいるの？」

薄暗い部屋の中で、彼のシルエットがわずかに揺れた。

「読み聞かせのあとで立ち寄ったら、きみが苦しそうにしていたからさ。弘巳に代わってもらったんだ」

どうだい？　と言って幸哉はわたしの額に手を置いた。わたしが首を竦めても、彼は気にするふうでもなく、熱はもう下がってるよ、とのんびりした口調で言った。

「おれたちは、思っている以上に近い間柄なのかもしれないな」と彼は言った。

「今度おれが熱を出したときは、眞理枝に頼むよ」

わたしは言葉を返すことができなかった。彼にこんな姿を——ふだんは決して見せることのない露わな姿を見られたことにショックを受けていた。しかもわたしは眠っていて、そのことに気付いてさえいなかったのだ。

「ずっとさすってくれてたの？」

消え入りそうな声で訊ねると、彼は、そうだよ、と答えた。

「もしかして、背中も？」

「ああ、弘巳にやり方を聞いて」

恥ずかしさに思わず声が漏れそうになった。

彼にはどうということのない、当たり前のことなのかもしれない。他の子供たちと同じように、ただ熱の苦痛を和らげるためにしたこと。けれど、わたしにとって彼に触れられることや素肌を見られることは、まったく別の意味を持つ。

「見たよ、背中の徴」と彼は言った。

「谷間の百合ならぬ、赤い薔薇。内に向かうほど色が濃くなって——」

言わないで、とわたしは強い口調で彼を遮った。

「なんで？　いいじゃないか」

「よくないわ。だめよ」

声がきつくなったのは、彼の無邪気な口ぶりのせいだった。彼はまるで通りすがりの看板に描かれた商標を語るような口ぶりでわたしを描写した。素肌の微かな起伏と、その色を。

そんなふうに語ってほしくはなかった。

わかったよ、と彼は言った。

「この話はやめだ」

「ええ、ありがとう」

もう大丈夫だから、とわたしは彼に言った。

「いまなら、まだ朝まで少しだけ眠ることができるわ。部屋に戻って」

眠くはない、と彼は言った。

「部屋に戻ったって、どのみち眠れないさ」

「それでも戻るべきよ」

彼はなにかに気付き――あるいは、とうに気付いていながら気付かない振りをしていたことをようやくここで露わにするかのように、大きく溜息を吐いた。

なるほど、と彼は言った。

「わかったよ。ちょっと、よけいなお節介だったかな」

そうじゃないけど、とわたしは言った。

「でも、もうこれが最後。わたしの付き添いには弘巳がいるから……」

「ああ、わかった」

そう言って彼は立ち上がった。

ごめんなさい、と呟くと、彼は、いいや、と乾いた声で言った。

「べつに眞理枝があやまることじゃない」

「でも――」

「おれは補欠ってことにしといてくれよ」と彼は明るい調子で言った。

「あいつの代役」

幸哉はドアまで歩くと、そこでふり返ってわたしを見た。

「それにさっきの話」と彼は言った。

「あれは本気だよ」

「なんのこと？」

「おれが熱のときさ。付き添いは眞理枝に頼みたいんだ。いいだろ？」

いいわ、とわたしは言った。声が少しだけ震えていた。

おやすみ、いい夢をと言って、彼はドアを開け部屋から出て行った。

この夜以降も、わたしたちはそれまでと変わらない態度で相手に接し続けた。つまり、幸哉はフランクで気安く、わたしはできるだけ中立に。

けれど、心のうちでは、なにかが変わってしまったような気がしてならなかった。彼はわたしに——少なくともある部分は——拒絶されたように感じ、自分の中に戒律にも似た壁を築き上げてしまった。彼はわたしに触れることにそれまで以上に慎重になった。偶然の接触さえも避けようとしているのか、彼は前よりもわたしと距離を置いて立つようになった。

わたしがそうさせてしまったようなものだけど、それはわたしの本意ではなかった。

たしかにあのとき、わたしは彼に触れられたことや、素肌を見られたことにショックを受けた。けれど、本当につらかったのはそんなことじゃない。わたしが悲しかったのは、ふたりのあいだに在る埋めがたい感覚の隔たりだった。わたしは思いを共有したかった。恥じらいや戸惑いをゆっくりと時間を掛けながらともに克服してゆき、それがいずれは悦びに覆い尽くされてしまうのをふたりで一緒に眺めたかった。

けれど、その機会は永遠に潰えてしまったように思えた。

わたしたちはよそよそしくはなかったけれど、かといって真の意味での親密さに行き着くこともなかった。わたしたちは兄妹でも友人でもなく、ましてや恋人同士でもない、ひどく曖昧な関係で結ばれていた。

約束通り、次から幸哉が熱を出したときは、わたしが付き添うことにした。

それまでは、彼の付き添いにはこれといって決まった人間がいなかった。たいていは、彼と親しい年下の男の子たちが、そのときどきで彼の付添い役を買って出ていた。

助かるよ、と彼はわたしに言った。

「あいつらさ、夜中になるとおれを残して眠っちゃうんだよ。気持ちよさそうに寝息を立ててさ。こっちは、いよいよこれからが本番だっていうのに」

大丈夫よ、とわたしは笑いながら彼に請け合った。

「わたしは眠らないわ。安心して。熱が楽になるかどうかまでは保証できないけど」

かまわんさ、と彼は言った。

「これはおれが望んだことなんだから」

そして、彼はふと思いついたように、なんとも不思議だよな、とわたしに言った。

「こんなことで、苦しみが癒されるなんてさ」

「でも、昔からひとはみんなこうしてきたでしょ？　母親がさすることで子供のお腹の痛みが消えてしまうみたいに、みんなこの力のことを知っていた」

「だとすれば、おれたちは誰もがひとを生かす力を持って生まれてきたってことになる」

ええ、そうね、とわたしは言った。

「でも、多くのひとたちがそのことを忘れてしまったみたい」

まあな、と言って、彼は皮肉っぽく鼻を鳴らした。

「おれたちは数少ない正統な継承者さ」

わたしがシャツ越しに胸をさすると、彼の身体からすっと力が抜けていくのがわかった。

「やっぱり、間違いない」

「そう？」

「ああ。でも、これはなにを意味する?」

「どういうこと?」

「これは誰の思いなんだ? おれたちの距離はどっちが決めてる?」

知らないわ、とわたしは言った。つい、声に力が入る。

「考えたこともなかった」

「おれはいつも考えてる」

「そうなの?」

「ああ、奇妙な力学だよな」と彼は言った。

「いたわりの作用と反作用。それともこれは化学反応なのかな?」

「あなたは変わり者ね。いつもおかしなことばかり考えてる」

ずいぶんだね、と彼は言った。

「おれたちは同類だろ? だからここにいるんだ」

「でも、みんなが同じってわけじゃないでしょ? あなたは王なのよ、この楽園の」

かもしれんね、と彼はあっさりと同意した。

「小さな頃はバイキングの王になることを夢見てた。海賊船の船長さ」

「男の子の夢ね」

「うん。帆に風うけて、七つの海を駆け巡るんだ」

「わたしは絵本作家。絵を描くことも、物語をつくることも大好きだったから」

眞理枝らしいな、と彼は言った。

「似合ってるよ」

「そう？　こんなふうにならなかったら、美大に行こうと思ってたのよ」

「おれもさ。おれも美大に行くつもりだった。どっかで出逢ってたかもな。結局のところはさ。デッサンの講義だとか、大学近くのカフェテリアだとか、そんなところで」

「そうね。そしたら楽しかったでしょうね。そんなふうにして出逢えたら――」

幸哉はしばらく押し黙ったあとで、なあ、眞理枝、とわたしに言った。

「なに？」

「きみは物語を書くべきだよ」

「物語？」

「うん」

彼は自分の胸に置かれたわたしの手にそっと触れた。

「おれたちの物語。この小さな楽園の記録をさ。残しておくべきだとは思わないかい？　おれたちが出逢ったこと。いたわりの力学。読み聞かせや講堂での賛美歌。あれもこれも、こんな子供たちがいたんだってことすべてを」

そうね、とわたしは言った。

「いつか、書くかもしれないわ」

うん、と彼は言った。それでいい。頼んだよ。


少し眠りたいんだ、と彼は言った。だから、子守唄を唄ってくれよ。

「あの歌？」

「ああ、いつも眞理枝が唄っているあの歌」

洋司には内緒だよ、と彼は言った。

「甘えん坊とは思われたくない。なんといっても、おれは王様だからさ」

「そうね、わかったわ」

そう言ってわたしは微笑んだ。

「内緒にしといてあげる」

わたしは彼の胸をさすりながら、そっと小さな声で子守唄を唄った。熱で疲れていたのか、幸哉はすぐに寝息を立て始めた。なにかから解放されたような彼の寝顔は、驚くほど幼く、そして無防備に見えた。

わたしは汗に濡れた彼の髪を指で梳き、その柔らかな感触に浸った。愛しさに涙が零れそうになる。彼に触れ、彼のために唄う。わたしはきっとそのために生まれてきた。わたしがこのようであるのも、彼に出逢うためだとしたら、なんの不思議もない。

ずっとそばにいられたらいいのに、とわたしは思った。そうしたら、いつかはこの内気さを克服して、彼に告げられるのに。わたしの思い——愛してるわ、あなた——と、彼の目を見つめながら、いつかきっと、そう言えるのに——

*

わたしたちはそんなふうにして、この場所で二年近くをともに暮らした。

これほどまでにそばにいながら、そして相手をつねに思いながら、それでも、自分たちが築いてしまった壁を越えられずにいることが、どうにも不思議でならなかった。

彼はわたしたちのことを、とんでもないはにかみや、と言った。たしかにそうなのかもしれない。きっと、それがわたしたちの遣り方なのだろう。自分の心を隠し、言質を与えず、たとえ恋をしていても、そんな素振りを見せようともしない。わたしたちは感じすぎる。そのことがすべての振る舞いに枷を嵌《は》める。わたしたちが身を飾ることを嫌うのも、雑踏を避けひとけのない路地を歩くのも、香料の入った飲み物を口にしないのも、すべては同じ根から生じたこと。

この内気さもそう。

眠りの日はもうすぐそこまで来ている。このままではきっと悔いが残る。なのに、それでもなにもできずにいる自分が、どうにももどかしくて仕方ない。

＊

洋司が眠りに就く日、彼の部屋にはたくさんの人間が集まった。けれど、その中に彼の父親の姿はなかった。

洋司はとても気前がよくて、自分が集めていたものをほかの子供たちにすべて分け与えてしまった。それは七色に輝くガラス玉だったり、アシナガバチの巣だったり、どこかで拾ってきたヒヨドリの風切り羽根だったりした。

彼は自分が履いていた黄色い長靴も小さな男の子にあげてしまった。

「草の中を歩くと、ちくちくして痛いでしょ？」と彼は言った。

「でも、これを履いていれば大丈夫だよ」

洋司は自分が目覚めたときのことをまったく考えていないようだった。ただ、縫いぐるみだけは別で、ネルの擦り切れた小さな犬は最後まで彼の腕の中にあった。

「コロは、いつだって一緒なの」と洋司は言った。

「ぼくがいないと、コロは寂しがるから。だから一緒に眠るの」

洋司があくびを何度も繰り返し始めると、わたしはベッドの傍らに座り、彼の肩をそっと叩きながら子守唄を唄った。彼が望んだことだった。

眠れないと困るでしょ？　と洋司はわたしに言った。

「そうね」

ぼくね、と彼はわたしの耳元で囁くように言った。

「会いたいひとがいるの」

「そう、誰？　お父さん？」

洋司はそれにはなにも答えなかった。そしてただ嬉しそうに笑みを浮かべながら、わたしに、もうすぐ会えるような気がするんだ、とだけ言った。

そう、とわたしは言った。

「よかったわね」

「うん」

ねえ、とまた彼がわたしを呼んだ。

「なに？」

「ないしょ話」

「なにかしら？」

わたしが洋司の顔に耳を寄せると、彼は口元を両手で覆いながら小さな囁き声で言った。

「幸哉お兄ちゃんは、眞理枝のことが大好きなんだよ」

はっとして身を起こし、思わずふり返って幸哉の顔を見てしまった。すぐ後ろに立っていた彼は、なに？　と訊ねるような顔でわたしを見た。

ううん、とわたしは言った。

「なんでもない」

そして、また洋司の口元に耳を寄せ、どうして？　と彼に訊いた。

「どうしてわかるの？」

どうしても、と彼は言った。

「ぼく、みんなの思っていることがわかっちゃうの。ずっと隠してたんだけど、でも、このことは、言っといたほうがいいでしょ？　だって、そうじゃないと――」

「ええ、そうね」

ありがとう、とわたしは洋司に言った。

わたしは彼の頬にキスをすると、ふたたび子守唄を唄い始めた。洋司はどこか晴れやかな顔で、いつものようにかたく目を閉じ、毛布の縁を小さな唇で挟んでいた。

やがてしばらくすると、彼はうとうとと微睡み始めた。きつく瞑《つむ》られていた瞼から力が抜け、わずかに開いた唇から毛布が離れていく。

そのとき、ふいになにかがわたしの胸に込みあげてきた。洋司と過ごしたそれまでの日々が大波のように寄せ来て、わたしの心を過去へとさらう。

父親の訪問を待ちわびながら、窓から施設の門を見下ろしていた寂しげな後ろ姿。ソフトクリームの最初の一口を味わったあとの、あの幸福そうな笑顔。熱の夜、わたしの手の下でとくとくと打ち続けていた彼の小さな拍動――

わたしはもう唄えなかった。熱を帯びた小さな塊がわたしの喉を塞いでいた。

「洋司……」

彼は穏やかな寝息を立てて眠っていた。

こんなふうに心を乱すのは、わたしになにかが欠けているからだった。みんなに見えているものが、わたしにはどうしても見えないから。洋司は行ってしまった——ただ、そんなふうにしか思えないから。

声を立てて泣いていると、力強い腕がわたしを背後から抱き上げ、部屋の外へと連れ出してくれた。幸哉だった。子供たちは不思議そうな顔でわたしを見ていた。

彼は廊下に出るとわたしから手を離し、外を歩こうか？　と言った。わたしは黙って頷いて彼についていった。

白色電球に照らされた薄暗い階段を降り、足音が響く玄関ホールを抜けて、わたしたちは洋館の外に出た。

夜空には新月が低く浮かび、初夏の湿り気を帯びた風が、前庭を囲む木立の梢を揺らしていた。わたしたちは並んで芝生の上を歩いた。

大丈夫？　と彼は訊いた。

ええ、とわたしは答えた。

「だいぶ落ち着いてきたわ」

わかるよ、と彼は言った。

「眞理枝の気持ち」

「ほんと?」

意外な気がして幸哉の顔を見ると、彼は静かに頷いた。

「ときおりな、弱気になるときもあるんだ。幼い連中ほど無邪気に信じてるわけじゃないから」

「そうなの?」

「そうなんだよ、ほんとはね」

でもな、と彼は続けた。

「きっと悪いようにはならないって、そう感じるんだ。幸福の先触れがさ、ここを──」

そう言って、彼は自分の胸を指で突いた。

「とんとんってノックするんだよ。だからつい笑っちゃうのさ。おれはなにを心配してるんだ? って」

ねえ、とわたしは彼に言った。

「ひとつだけ教えて」

「ああ、いいけど、なにを?」

わたしが足を止めると、彼も立ち止まりわたしを見た。ふたりの間を夜の風が吹き抜けていった。髪が踊り、わたしはそれを指で押さえた。

「わたしたち――」

「ああ」

「また、逢える？」

ほとんど祈りにも似た問いかけだった。彼は事も無げに頷き、わたしたちの運命を力強く請け合った。

「ああ、逢えるよ」

「ほんとに？」

「ほんとさ」

わたしはふたたび目に涙が込みあげてくるのを感じた。詰めていた息を吐くように、わたしはずっと心に仕舞い込んでいた不安を彼にぶつけた。

このままなんていやなの。そう言ってわたしはかぶりを振った。

「みんな離れ離れになって、ひとりぼっちで知らないところを彷徨うなんて、そんなこと――」

「そんなふうにはならないさ」

もう、ひとりはいや、とわたしは掠れた声で言った。

「ここに来るまで、ずっとわたしはひとりだった。誰にも理解されずに、ただ、風変わりな女の子だって、そう思われて。愛想よく見せてはいたけど、その陰でわたしは泣いていたわ。どれだけ蔑《さげす》まれても、わたしは自分であり続けようと、そう思いながら、ずっとひとりで気を張って生きてきたの。でも、もう――」

よくがんばったな、と彼は優しく言って、わたしの頭を撫でてくれた。

「大丈夫、おれたちはずっと一緒さ」

こらえていた涙がまた溢れ出て、赤く腫れた頰を濡らした。

「おれたちはわかり合える。おれたちは同じ糸で織られた布みたいなもんさ。どんな色に染まっていても、触れれば同じ手触りがする。おれたちが同じ運命を辿るのは必然なんだよ。みんな、ひとつの場所に向かっているのさ」

彼はそっと手を伸ばし、人差し指の背でわたしの頰の涙を拭ってくれた。

「洋司も？」

そうさ、と彼は言った。

「洋司も、千紗も、弘巳もみんな」

「幸哉にもまた逢えるのね？」

もちろん、と彼は言った。

「そのつもりだよ。おれたちはまだ始まったばかりだろ？　ふたりには時間が必要なんだよ。このまま終わるわけにはいかない」

「待っててくれる？」

きっと、と彼は言った。

「約束するよ」

束の間、わたしたちの視線が重なり合った。こんなふうにして彼と目を合わせたのは初めてのことだった。

このひとはなんてきれいな目をしているんだろう、とわたしは思った。

ここは冷えるな、と彼は言った。

「部屋に戻ろう」

「ええ……」

ふたり並んで玄関に向かって歩きながら、彼は、さっき洋司はなんて言ったんだ？とわたしに訊いた。

気になる？　とわたしが訊ねると、彼は「ああ、おおいに気になるね。おれのことだろ？」と言った。

そうよ、とわたしは答えた。

「幸哉のことよ」

「あいつ、なんて言ってた？」

わたしは彼をちらりと見ると、またすぐに前に向き直った。

「教えない」

ふむ、と彼は言った。

「きっと悪口だな。おれ、けっこうあいつのことからかって遊んでたからな。最後に本音を漏らしたか」

まあ、そんなところよ、とわたしは言った。

「でも、わたしはすごく、それを聞いて幸せになれたの」

よくわからん、と彼は言った。

「どういう意味だい？　ヒントだけでも」

駄目よ、とわたしは言った。

「いつかね」

「いつか？」

「そう、いつか、その日がきたら教えてあげる――」

＊

眞理枝の手記は、ここで終わっていた。その先、どれだけページをめくってみても、もうどこにも彼女の言葉を見つけることはできなかった。

彼女が施設にやってきたその日から、洋司が眠りに就くまでのおよそ二年間の記録。幸哉が眠りに就いたのは、それからひと月ほど後のことだった。手記のほとんどはそのあいだに書かれたものだと思う。

手記の中のぼくらは、まるで幾つかの日々を連ねた小さな輪の中で生きているかのように見える。思うままに時を往き来する彼女の描き方が、その印象をさらに強くしている。

時は流れず、子供たちは永遠に若葉の季節を繰り返す。博物館に飾られた機械仕掛けの町のように、夜が明ければ、今日もまたそれまでと同じ一日がやってくる。鍛冶屋は槌を打ち、パン屋は窯でパンを焼き、野良犬はまた昨日と同じ道筋で裏路地を辿る。

それこそがぼくらの望みだった。着古したシャツのように、しっくりと肌に馴染んだ日常。新しいことはなにも起きず、だからぼくらは不安に怯える必要もない。

考えてみれば、ぼくらは期限付きの日々を送っていたわけだし、その先に待っていたのはまったくの未知の世界で、だからそれはただの幻想にすぎないのだけれど、それでも、たしかにぼくらはあの頃、自分たちが永遠の子供であるかのように感じていた。いや、それすらもあとから思いなしたことであって、当時のぼくらは、時の流れなんてものに思いを及ぼすほど、深く物事を考えてなどいなかった。ぼくらは幸福な子供だった。あの頃は、ただ、いまだけを考えて生きていればよかった。

ここはぼくらの楽園だった。天国でもあり、避難所でもあり、そしてさらには幸哉がなにげなく（けれどたいした慧眼でもって）口にしたように、この場所はぼくらにとっての『満足荘』でもあった。

不思議なことに、彼女が書いたこの出来事をぼくはすっかり忘れてしまっている。だから、これは思いがけない過去との嬉しい再会でもあった。

十四歳のぼくは、ある意味、自分の未来を予言していたともいえる。ミス・ハヴィサムと同じように、ぼくの中でも、ある日を境に時は流れを止めてしまった。

懸命に艪《ろ》を漕ぎ、川の流れに逆らいながら同じ場所に留まり続けようとする漕ぎ手のように、ぼくはあの懐かしい日々に繰り返し立ち返ることで、なんとかこの人生を生き抜いてきた。

過ぎ去った時は二度と帰らない。その厳酷な事実が失われた過去に霊的な美しさを与え、ぼくらをはるか遠い日々へと向かわせる。

彼女とふたりきりで演じた戯曲の数々は、目映い光を放つ貴石のように、いまもぼくを魅了する。

男女の入れ替えは眞理枝が言い出したことだった。そのほうが、自然な気がする、と彼女が言ったのだ。たしかに、ローラの役はぼくに似合いすぎていた。施設に来る前のぼくは、ローラの生き方をそのままなぞるようにして生きていた。ガラスの動物たちは、ぼくが巡らした心の牆壁《しょうへき》だった。

季節は春で、場所は彼女の部屋だったように思う。ぼくはジムを演じる眞理枝に魅せられていた。ぼくは自分の科白《セリフ》を忘れそうになるほど、目の前に立つ彼女に夢中になっていた。

たぶん、ぼくは恋していたんだと思う。

ぼくは性のない、あるとしても男としての要素のほとんど欠けた、曖昧な存在として彼女の傍らに居た。ぼくは彼女のこだまだった。

そのために、眞理枝はぼくの思いにまったく気付けずにいた。ふたりの親密さを彼女は、気の置けない女同士の友情のようなものだと思っていた(手記を読むとそのことがよくわかる)。

彼女は美しかった。自分の美には無頓着で、少しも飾ろうとせず、けれど、そのことがかえって彼女の美しさをより一層鮮明なものにしていた。

男言葉で科白を読み上げる眞理枝には、どこか倒錯的な妖しい魅力があった。

彼女は輝きの強い瞳と、鋭角的な眉を持っていた。豊かに波打つ琥珀色の髪を揺らしながら、彼女はローラの初恋の相手を驚くほど感情豊かに演じていた。歌を唄っているときの彼女もそうだったが、なにかを演じているときの眞理枝は、まるで別の人間が宿ったかのように、強く激しい存在に変わった。

ぼくは眞理枝に触れたいと願った。彼女の言葉を借りるならば、ぼくもまた、仄かではあるけれど、触れ合うことのもうひとつの意味に気付き始めていたのだ。

眞理枝から熱の日の付き添いを頼まれると、ぼくは悦んでその役を引き受けた。

彼女はすっかりくつろいでぼくに自分の身体を委ねていた。小振りなふたつの乳房や白い下着に包まれた下腹を彼女は驚くほど無防備に晒していた。かえってぼくのほうが照れてしまい、目を逸らすほどだった。

ぼくは彼女の肌に触れ、彼女の起伏を辿った。彼女の色を目にし、立ち上る汗の匂いを感じた。さりげなく触れてはいたけれど、ぼくはいつも言いようのない昂揚に胸を震わせていた。これはまだ始まりにすぎないのだ、とぼくは思った。まだまだ先があるはずだった。本能がぼくにそれを教えていた。いつかはきっと――

けれど、それ以来、もう二度とあの感覚がぼくの胸に宿ることはなかった。

あれは、ある種の対称性、ひどく繊細な力学がもたらした感情だったのかもしれない。相手が眞理枝だったからこそ、ぼくはあのようになりえた。彼女はぼくにとって、かけがえのない、ただひとりの存在だった。

だとしたら――なぜあの夜、ぼくは幸哉に付添い役を譲ってしまったのだろう？

その問いを、ぼくは幾度となく自分に投げかけてきた。

そうするより仕方がなかった。たぶん、それがぼくの答えだ。眞理枝は幸哉に恋していて、それは彼にしても同じだった。もとより、ぼくの出番などどこにもなかったのだ。彼らは、当事者だけが目を塞がれてしまうという、あの恋の病にすっかり冒されていた。自分を低く見積もり、求愛のサインをただの厚情や仲間同士の打ち解けた仕草とはき違えてしまう。

誰かが後押ししてやる必要があった。そしてあの夜、たまたまその機会がこのぼくに巡ってきた。ただ、それだけのことにすぎない――

あるいは、別のときには、こんなふうに考えることもある。ぼくは幸哉に憧れていた。彼のようになりたかった。彼のように眞理枝を愛したかった。

だとすれば、ぼくは幸哉に自分の思いを託したのだとも言える。奇妙な二重写し。そこにはずいぶんと入り組んだ自己愛の影が見え隠れする。ひどく遠回しでもどかしくはあるけれど、それでも恋であることに違いはない。

いずれにしても、ふたりは結ばれる運命にあった。介添えする人間など、はなから必要などなかった。ただ、時間さえあればよかった。二度の四季を繰り返し、彼らはようやく自分の心に正直になろうとしていた。


幸哉が眠りに就く一週間ほど前の夜。

彼は最後の熱に苦しんでいた。このときも彼に付き添っていたのは眞理枝だった。

暑く寝苦しい夜だった。ぼくはベッドの上で何度も寝返りを繰り返しながら、いっこうに兆す気配のない遠い眠りを待ち続けていた。

おそらくは午前二時を回っていたはずだ。長く続いていた眞理枝の歌声は、いつの間にかもう聞こえなくなっていた。

そっと目を開き、窓の外を見遣ると、見事な星空がそこにあった。淡く光る銀河が黒い夜空に細くたなびいているのが見えた。静かな夜で、天空を巡る星たちの音さえもが聞こえてきそうな気がした。

こんな夜は神経が研ぎ澄まされて、いつもは聞くはずのない声を聞くこともある。このときもそうだった。遠い部屋の囁きが、眞理枝のひどく張り詰めた心の声が、ふいになんの前触れもなくぼくの耳に響いた。

ぼくは身を起こすとベッドから降り、裸足のままそっと部屋を抜け出した。古い電球が照らす廊下は薄暗く、蜜蠟ワックスの匂いがあたりに立ち込めていた。

幸哉の部屋は廊下の外れにあった。眠りの浅い子供たちを起こさないように、ぼくはそっと足音をひそめて歩いた。ほとんどの部屋のドアは、風通しをよくするために開けられたままになっていた。

どこかの部屋で子供がなにかを呟いた。まるで仔猫が鳴いているみたいだった。意味をなさないその声は、細く糸を引くように薄暗い廊下を漂い、やがては夜の闇に吸い込まれるようにして消えていった。

幸哉の部屋のドアもわずかに開いていた。

ぼくはそっと中に身を滑り込ませた。目を凝らし部屋の奥に視線を向けると、ベッドに横たわる幸哉とそのかたわらに座る眞理枝の姿が見えた。

彼女は幸哉にキスをしていた。

わずかな灯りに浮かび上がるふたりのシルエットは、まるで名のある画家が残した一枚の絵画のようだった。色はなく、ただ光と影と、そしてわずかな息遣いだけがあった。

彼女がぼくに気付き顔を上げた。

幸哉は眠っているの？ とぼくが訊くと、ええ、眠ってるわ、と彼女は答えた。

このことは幸哉には言わないで、と眞理枝は言った。

でも、とぼくが言うと、お願いだから、と彼女が語気を強めて囁いた。

これは罪よ、と眞理枝は言った。わたしは盗んだの。欲しいものを、本人の了解も得ずに。

彼も望んでいるよ、とぼくが言うと、かもしれない、と彼女は頷いた。

それでも――

わかった、とぼくは言った。それが眞理枝の望みならば。

ありがとう。

なぜ来たの？ と彼女に訊かれ、ぼくは、眞理枝の声が聞こえたんだ、と答えた。

どんな声？
どうだったかな？　一瞬だったし。
それでも、わたしの声とわかったのね？
うん。そうだよ。眞理枝の声だった。
そう、弘巳には聞こえたのね、わたしの小さな囁きが。
うん、不思議だけどね……。
眞理枝には告げなかったが、ぼくの耳にははまだはっきりと彼女の声が残っていた。
眞理枝はまるで彼女そのものを差し出すかのように、こう囁いたのだった。
愛している――愛してるわ、あなた、と。

幸哉は、自分が眠りに就く前に、派手なお別れパーティーを開きたいと言い出した。
「おれは、男の中で一番の年長だし、まあいわば、この一家の家長でもあるわけだからさ、そのぐらいは当たり前だろ?」

そこで、施設始まって以来の盛大な催しが開かれることになった。子供たちはみんなでバスに乗って町まで買い出しに行き、飾り付けの材料や、お菓子や飲み物や、それにずいぶんと本格的な花火までもを仕入れて帰ってきた。

会場には講堂が使われた。すでに百合枝は眠りに就いてしまっていたけれど、数日前に新しく施設に来た瑞樹《みずき》という名の少女がオルガン弾きを買って出てくれた。まだほんの十歳になったばかりだったが、彼女の演奏の腕前は確かだった。そして、これもまた屋根裏部屋からの掘り出し物だったが、古いレコードプレーヤーと大量のレコード盤がパーティーのために用意された。

当日、講堂の庭に面した扉が開け放たれ、木立に飾り付けた電飾が灯る頃になると、子供たちが徐々にパーティー会場に集まり始めた。

この日は職員全員がホストとなって子供たちをもてなした。いつもは白衣を着ている医師や看護師も、スーツ姿の委員会のひとたちも、誰もがみんなポロシャツにジーンズやブラウスにフレアスカートといった装いに変わっていた。普段着姿の彼らはまるで子供たちの父親や母親のように見えた。

レコードが掛けられると、パーティーは一気に盛り上がりを見せ始めた。レモネードが配られ、大きなガラスの器にはフルーツポンチがなみなみと注がれた。

ぼくらは瑞樹の伴奏で賛美歌を合唱した。幸哉のギターに合わせてフォークソングを唄い、はるか昔に録音されたスタンダードナンバーに合わせて、へたくそなダンスを踊った。

夏の夜が更けていき、空に星が瞬く頃になると、会場は講堂から庭へと移り、ぼくらはそこでもまた食べて唄い、そして踊り続けた。

ビンゴゲームが始まり、職員や子供たちが持ち寄った品々が次々と誰かの手に渡っていった。

ムラサキシジミの標本、おもちゃのピアノ、小さなペガサスのからくり玩具。誰かの思い出の品がほかの誰かに手渡され、そのたびに歓声と溜息が繰り返された。

やがてクラッカーが打ち鳴らされ、まるでそれが合図だったかのように、曲がスローなバラードに変わると、みんなはそれぞれが組になって踊り始めた。

ぼくらは目を合わせ、相手の肩や腰に手を置き、互いに同じリズムで身体を揺らし合った。

職員たちも加わるとダンスはさらに大きな輪となった。誰かが飛ばしたシャボン玉が、ぼくらの頭の上を七色の燦《きら》めきとなって漂っていた。

ぼくの相手は圭子先生だった。彼女は薄水色のギャザースカートを穿き、襟に飾りの付いた白いブラウスを着ていた。ほどいた髪からは仄かな甘い香りが立ち上っていた。

ぼくがちらちらと幸哉と踊る眞理枝を見ていると、気になる？　と彼女が訊いた。

いいえ、とぼくは答えた。

「いいのよ」と彼女は言った。

「べつに隠さなくても」

「はい、でも――」

わたしもね、と彼女は言った。

「そんなふうに、誰かを見つめていたことがあったわ。ずっと昔のことだけど」

「そうなんですか」

ええ、と彼女は言った。

「いまとなってしまえば、いい思い出だけど」

「そのひととは？」

彼女は小さくかぶりを振った。

「それきり。どうなりたいと思っていたわけでもないし」

「でも好きだったんでしょ？」

「そうだけど、わたしには勇気がなかったの。それに――」

「はい？」

「それも悪くはなかったから」

「どういう意味です？」

片思い、と彼女は言った。

「思いが繋がるよりも、そばで見続けているほうが、わたしの性には合ってた」

ああ、とぼくは言った。

「なんとなくわかるような気もします――」

彼女はわずかに首を捻り、庭の中央で踊る幸哉と眞理枝に柔らかな視線を注いだ。

きれいね、あのふたり、と彼女は言った。

「まるで対でつくられた陶のお人形みたい」

ぼくは彼女の言葉に促されるようにして、ふたたび彼らに目を向けた。

ふたりは木々に飾られた色つき電球や、そこかしこに置かれた蠟燭の光を受けて不思議なほど輝いて見えた。彼らは淡い光をオーラのように纏い、まるで夢の中の恋人たちのように、夏の熱を帯びた大気の底でゆらゆらと揺れていた。

幸哉は誰に借りたのか、白いドレスシャツに麻のスラックスという姿で、青いサマードレスに身を包んだ眞理枝をそっと抱きしめていた。ひときわ背の高いふたりは、踊る人々のつねに軸となり、彼らに合わせてぼくらは、まるで星を巡る衛星のように静かにゆっくりと大きな円を描くのだった。

大人たちも、子供たちも、誰もが楽しそうだった。夏の宴はいまや頂点を迎えようとしていた。

幸哉が眞理枝の耳元に口を寄せなにか囁くと、彼女の顔に悦びの笑みが広がった。彼らは額を寄せ、鼻を軽くぶつけ合い、それからひどく遠慮がちにキスを交わした。ふたりは、いまようやく自分たちの本当の居場所に辿り着いたところだった。けれどまだ、そのことがうまく信じられずにいるのか、彼らはどこか夢見るような覚束ない表情で互いの顔を見つめ合っていた。

それぞれの腕の中に自分の形を見出し、そこがあらかじめ用意されていた場所なのだと知ることは、人生の最も大きな悦びのひとつなのかもしれない。だとすれば、彼らが戸惑っていたのも無理はない。ぼくらは、どちらかというと期待はずれに終わる日々に慣れてしまっていたから。

そのとき、誰かが花火を打ち上げた。ホイッスルのような甲高い音が鳴り響き、わずかな空白のあとで、夜空に光の花が咲いた。それから立て続けに幾つもの花火が上がり、ぼくらは色とりどりの光に照らされながら、すっかりその美しさに魅了されてしまった。

幸哉と眞理枝は、夜空に咲いた花々にしばらく気を取られていたが、やがてまたふと思い出したように互いの顔を見つめると、今度は長い口付けを交わし合った。

目を閉じた眞理枝の横顔は悦びに満ち溢れていた。

彼女はまるでこの瞬間を永遠に留める魔法を手に入れたかのようだった。わずかに笑みを浮かべ、長い睫を震わせながら、彼女はすっかり力を抜いて恋人の胸に自分の身体を預けていた。

人生がここで終わりを迎えたとしても、ふたりはなんの未練も感じることなく、その運命に身を委ねただろう。

誰しもがそんな瞬間を味わえるわけじゃない。なにがひとをそのように結びつけるのかはまったくもって謎だが、あれは、彼らが辿った人生に対する――そしてこれからふたりが向かおうとしていた日々に対する――ささやかな埋め合わせだったのかもしれないと、そんなふうに思うこともある。

やがてまた曲が変わった。それはいわば酔い覚ましのナンバーで、ぼくらを正気付かせ、日常へと戻らせるために用意されたものだった。

ふたりは身を離し、ふたことみこと言葉を交わすと、ぼくらに向かってゆっくりと歩いてきた。

彼らを包む光はまだ消えていなかった。ふたりの昂ぶりが、まるで青いエーテルとなって彼らのまわりを渦巻いているかのようだった。瞳は奇妙なほど輝き、頬は上気し、唇は微かに濡れて艶めいていた。

幸哉はまずぼくに向かって微笑みかけ、それから圭子先生にその長い腕を差し伸べながら言った。

「踊ってもらえますか?」

悦んで、と圭子先生は答えた。

彼はふたたびぼくに向き直ると、眞理枝を頼んだよ、と言って彼女をそっと押し出した。

ぼくらがそれぞれのパートナーと向かい合うと、幸哉は首を大きく傾けぼくの耳元で囁いた。

「これからも彼女を頼んだよ。おれが眠ってしまっても彼女が寂しく思わないように、ずっと気を遣ってやっていて欲しいんだ」

そんなことは請け合えない、とぼくは危うく言いそうになった。彼女を悲しませないようにするなんて、そんなこと神さまにだってできやしない。

けれど、ぼくはその言葉を飲み下し、ただ黙って頷いた。そして眞理枝を見つめ、よかったね、と心を込めて囁いた。そして、きれいだよ、とも。

彼女と踊った時間はまるで夢のようで、いま思い返してみても、ただきらきらと輝く幾つかの断片が目に浮かぶにすぎない。

彼女はほんとに美しかった。汗ばんだ額のほつれ毛や、白い喉に宿った青灰色の陰、サマードレスの肩紐の下で弧を描く細い鎖骨、剝き出しの肩に掛かる琥珀色の髪――そのすべてがぼくを激しく魅了し、同時に痛いほどの切なさをこの胸にもたらした。

幸せかい？　と訊くと、彼女は微笑みを浮かべ、ええ、幸せよ、と答えた。そして、そっと顔を近づけ、ぼくの頬にキスしてくれた。

ありがとう、と彼女は言った。

なにが？　と訊くと、なにもかも、と彼女は言った。なにかも、あなたがしてくれたこと、すべて――

その二日後に彼が眠りに就くまで、ふたりはひとときも離れることがなかった。なにを語らうでもなく、ただ身を寄せ合い、彼らはふたりだけに通じる仕草や眼差しで、その深い思いを伝え合っているようだった。

パーティーの翌日には、思い出を辿るように植物園や天文台まで出かけて行き、宵もずいぶんと深まった頃に、彼らは不思議な静けさを纏って施設に帰ってきた。

幸哉が眠りに就く夜は、部屋にすべての人間が集まった。王の眠りに相応しい夜だった。部屋に入りきれない者たちは、廊下に佇み、耳を澄ませて中の音に聞き入った。

ぼくらはひとりひとり彼と別れの言葉を交わし、再会を約束し合った。彼はこのときもぼくにあの夜と同じ言葉を繰り返した。眞理枝を頼んだよ。いつも彼女のそばにいてやって欲しい――

すべての人間が幸哉と言葉を交わし終えると、彼はぼくらに、悪いけど、眞理枝とふたりだけにしてくれないか、と言った。

ぼくらは彼の願いを受け入れ、それぞれの部屋に戻ることにした。

部屋に戻ってしばらくすると、廊下を伝って彼女が唄う子守唄が聞こえてきた。声はわずかに掠れ、そして小さく震えていた。

歌声は真夜中を越えてもまだ続き、やがて夜明けが近付く頃に、細いすすり泣きへと変わっていった。

＊

それからの日々で、ぼくが語れることはほんのわずかでしかない。

幸哉が眠りに就いたあとも、施設での日々は変わりなく続いた。

晴れた日には、ぼくらは子供たちとともに植物園や養魚池まで出かけてゆき、長い時間をそこで過ごした。

雨の日や、眞理枝の気分がすぐれないときは、彼女の部屋で本を読んだ。明け方にふたりでリネン室に籠もって歌を唄うこともあった。「漕げよマイケル」、「花はどこへ行った」。幸哉が教えてくれた歌詞を、ぼくらはまだ憶えていた。

夜になれば、彼女はそれまでと同じように子供たちのために本を読み、子守唄を唄った。ときには、町まで生地やボタンを買い出しに行くこともあったし、気持ちのいい夕暮れには、飛行場まで足を延ばして、小さなプロペラ機たちが軽やかに地上に舞い降りるのをふたりで眺めたりもした。

彼女は変わらずに振る舞っていたが、どこか無理をしているようで痛々しく感じることもあった。わずかにではあるが頬が削げ、そのために眞理枝の顔には新しい陰が生まれていた。

施設への新しい子供の入所は途絶えていた。結局はあのオルガンの少女、瑞樹が最後の入所者となった。子供たちはぽつりぽつりと眠りに就いてゆき、彼らの空白を色のない静寂と陰が埋めていった。

まるで、あのパーティーの夜にすべての活気を使い尽くしてしまったかのように、施設は衰退し、少しずつ色褪せていった。


そんな中で、ぼくと眞理枝は予定の時期を過ぎてもいっこうに眠りの訪れる気配もないまま、また次の春を迎えようとしていた。

彼女は自分だけが取り残される不安にいつも怯えていた。このまま眠りに就くこともなく、幸哉との再会も果たせないまま終わってしまうのではないかと、いつもそんな心配ばかりしていた。

彼女の心がどこか危うくなり始めたのもこの頃だった。

本を読むでもなく、ただぼんやりと過ごすことが多くなり、食べることや身なりを整えるといった、生きていく上でのごく当たり前のことさえもが覚束なくなった。彼女はその強い光を宿した瞳で、自分だけにしか見えない仄暗い場所をただひたすら見つめているかのようだった。

一番彼女のそばにいなければいけないときに、ぼくは施設を離れることになった。感染症に冒され、他の施設での治療が必要と見なされたからだった（言葉は使いようだ。ぼくから言わせれば、これは体《てい》の良い隔離だった）。

移送の日、眞理枝は施設の門まで見送ってくれた。

彼女はぼくの手を握りしめ、大丈夫よ、と励ましてくれた。

こんな感染症、すぐに治るから――

車椅子に座ったぼくは眞理枝を見上げながら、日の下で見る彼女の顔色がひどく悪いことに動揺していた。

うん、そうだね、とぼくは言った。がんばって治すよ。

そうよ、と彼女は言った。その意気だわ。

眞理枝はスカートのポケットから小さなオルゴールを取り出すと、ぼくに手渡しながら言った。

これを預けておくわ。寂しいときは、これを聴いてわたしを思い出して。

わかった、そうするよ。ありがとう。

早く帰ってきてね、と彼女は言った。わたしをひとりにしないで。

大丈夫だよ、とぼくは応えた。すぐに帰ってくるからね。心配しないで待ってて。

ええ、必ずよ——


だが、ぼくは彼女との約束を果たすことができなかった。

六ヶ月の治療のあと、施設に戻ってみると、彼女はすでにいなくなっていた。ひと月ほど前に彼女が眠りに就いたことを、ぼくは職員のひとりから知らされた。

その三ヶ月後に施設は閉鎖され、ぼくら残され組——最後まで残った七人の子供たち——はそれぞれの親元へとふたたび帰された。つまりは見立て違いだったということなのだろう。ぼくらは眠り損ね、ふたたび孤独の荒野へと放り出された。

眠りに就いた子供たちがどこに向かったかを、ぼくらが知るすべはまったくなかった。

眞理枝の不安は彼女にではなく、ぼくにこそ向けられるべきだった。取り残されたのはぼくのほうだった。二度と彼らに逢うことはできない。その思いが激しくぼくを打ちのめした。

その後の人生は、ただ過去をふり返るためだけに費やされた。

いつの頃からか、ぼくは小説を書き始め、いずれはそれがぼくの職業となった。ぼくは旧懐の作家となり、異質であること、そしてそれゆえの孤独を描く作家となった。ぼくが描く小説は、すべてがこの場所で過ごした日々のことに限られた。

それ以外のことを書きたいと思ったことは一度もない。

＊

彼女が幸哉宛に書き残した手紙を読み終えたところで、整理人の女性から声を掛けられた。

「きりがよければ、施設を見て回りませんか？」

ぼくは手紙を封に戻し、顔を上げ彼女を見た。

「いいんですか？」

「ええ、いずれにせよ、取り壊される運命ですから」

たしかに、とぼくは言った。

「気を遣う必要もない」

「そういうことです」

ぼくはソファーから立ち上がると、彼女とともに事務室をあとにした。

薄暗い廊下を歩きながら、ぼくは彼女に言った。

「なにも変わっていない。すべて昔のままです。このリネン室で、ぼくらはよく歌を唄ったものでした」

「憶えてます、おふたりの歌声――」

え？　と言って立ち止まると、彼女がふり返ってぼくを見た。

瑞樹です、と彼女は言った。

「わかりませんか？」

そう言われた途端に、目の前の女性と、はるか二十年前の記憶の中の少女が重なった。

「あの、オルガン弾きの……」

「そうです。オルガンを弾いてた瑞樹です」

一緒にいたのは一年にも満たなかったから、と彼女は言った。

「それに、あのときわたしはまだ十歳で、だから無理はないと思います」

あなたはすぐにわかりました、と彼女は言った。

「あの頃の面影、そのままで」

「なぜ、ここに？」とぼくが問うと、あなたと一緒です、と彼女は答えた。

「この場所が好きだったから。だから、この仕事につけるよう、いろいろ手を尽くしたんです」

「終わりを見届けるために？」

「そうです。自分のこの手で施設を葬るために」

それに、と瑞樹は言った。そこで彼女は言葉を見失ったかのように言い淀み、ぼくから目を逸らすようにして俯いてしまった。

「それに？」

「それに――知りたかったんです、眠りに就いた子供たちがどこにいったのか」

「それはぼくも――」

「ええ、知ってます。小説を読みました。あなたの小説はすべて読んでいます」

結局、わたしもわからず仕舞いでした、と彼女は言った。

「いろいろ調べてはみましたが、奇妙なぐらいなにも摑めませんでした」

「彼らは、どこか大きな施設でいまも眠っていると——」

「ええ、そういう話も耳にしました。いくつもの噂があり、その噂ごとに、またいくつもの変種が存在します。あるときふいにみんな消えてしまったんだと、そんな不思議な話をするひともいました。でも、いずれも不確かな伝聞ばかりで——」

「やはり、そうでしたか」

「ええ……」

ぼくらはしばらく玄関ホールに佇み昔を懐かしんでいたが、やがて話が、それぞれのいまの生活へと移ると、彼女はふいに共犯者めいた親密な笑みを浮かべ、ぼくにこう言った。

「わたしも独り身なんです。思い出の中で暮らすうちに、気付いたらこの歳になっていました。たぶん一生結婚はしないと思います」

ついこんなときの慣習に倣って、なぜ、と訊きそうになったが、その言葉を飲み下し、ぼくはただ頷くだけに留めた。

訊くまでもない。理由なら知っている。ぼくらはよく似た心を持つ仲間だった。

やがて話が途切れると、ぼくらは階段を昇り二階に向かった。

踊り場の小さな窓から晩秋の弱い光が差し込み、辺りを黄金色に照らしていた。手すりは子供たちがさんざ触れたために黒くなり、縁がずいぶんとすり減って丸くなっていた。

二階に上がると、ぼくらは並んでゆっくりと廊下を進んだ。すべての部屋のドアは開け放たれたままになっていた。

やがてある部屋の前で彼女は立ち止まると、ぼくに言った。

「ここです。ここがわたしの部屋でした」

中には両側の壁に沿って、ふたつの二段ベッドが置かれてあった。当時、子供たちの部屋はどれもがみなこのようなつくりになっていた。

「同室にはふたりの同じぐらいの歳の子がいて、彼女たちとはすぐに親友になりました」

「なんという名前？」

「奈々江《ななえ》と晴美《はるみ》です」

「ああ、憶えてるよ。なんとなくだけど。どちらかがクラリネットを持ってなかった？」

「奈々江です。よく彼女と一緒に合奏しました」

「うん、ぼくらはみんな音楽が好きだったね」

「ええ」

ふたりとも、彼女が来た数ヶ月後には眠りに就いてしまったのだと瑞樹は言った。

「だんだんと、施設が寂しくなっていって――」

「うん、そうだったね……」


ぼくの部屋には、ベッドと机以外はなにも残っていなかった。ガラスの動物たちが置いてあった窓際の棚は取り外されてなくなっていた。ただ、床に染み付いた匂いだけが、あの頃のまま、いまも変わっていなかった。

「ぼくはここで寝起きしていたんだ」

「ええ、憶えています。招いてもらったこともありました」

「そう？」

「はい。ガラスの動物を見せてもらいました」

「ああ、そんなこともあったかもしれないね――」

ぼくらはその部屋をあとにすると、今度は眞理枝の部屋に向かった。

部屋にはベッドと、そして窓際の机と、さらには足踏み式のミシンがまだそのままに置かれてあった。

ああ、と思わずぼくは声を漏らした。

「懐かしいな。このミシンで、眞理枝は子供たちの服をつくっていたんだ」

ぼくはベッドに腰を掛け、そこから窓際の机を見遣った。

「あそこで、彼女はいつも書いていた――」

目を凝らせば、いまもまだそこに彼女の姿が見えるような気がした。

ガーゼのスカートを透かして見える彼女のしなやかな脹ら脛の曲線。風にふくらむレースのカーテン。暗い廊下を渡り来るピアノの練習曲――窓の外からは、前庭で遊ぶ子供たちの声が聞こえてくる。ぼくらが唄ったフォークソングや講堂での合唱。真夜中まで続いた読み聞かせ。彼女の子守唄。幸哉の愉快そうな笑い声と洋司の眠たげな呟き。なにもかも、すべてがまだそこにある。

眠りに就いた子供たちは、いまもまだどこかで夢を見続けているのだろう。彼らはあの頃から少しも歳を取ることなく、幼い顔のままで安らかな寝息を立て眠っている。

彼らはみなひとつの夢の中で、終わることのない子供時代を生き続けている。

眞理枝、とぼくは机に向かう彼女の背に向かってそっと呼びかけた。

おやすみ。いつか遠い先で、またぼくらは出逢うだろう。

そのときまで、さようなら。いい夢を見ておくれ——


顔を上げると、瑞樹がそっとぼくの手にハンカチを手渡してくれた。

ぼくが問うように見ると、涙、と言って、彼女は自分の頬に触れる仕草をした。

「ほんとだ。歳かな、なんだか最近涙もろくなって」

「そんな。わたしたちはまだそんな歳ではないでしょ？」

「うん。そうなんだけどね。それでも、あの頃から思うと——」

さあ、行きましょう、と言って彼女はぼくの手を取った。

「まだ、たくさんの思い出がわたしたちを待っているんですから」

ぼくは彼女の手を借りて立ち上がると、もう一度だけ窓際の机を見遣った。そして
ふと思い立ち、ぼくは無言のまま人差し指を立てて、彼女にそこで待つように伝えた。

ぼくは窓際まで歩くと、スラックスのポケットから小さなオルゴールを取り出して
ゼンマイを巻いた。それをそっと机の上に置くと、ほどなく小さなドラムが物悲しい

曲を奏で始めた。

ビートルズですか？　と彼女が自信なさげに訊いた。

そう、とぼくは答えた。

「ガール」っていう、心に棲み着いてしまったひとりの女の子のことを唄った歌だよ。

＊

ねえ、幸哉。

いよいよ明日、わたしも眠りに就きます。

最近、あのパーティーの夜のことをよく思い出すの。

あなたはわたしに言ったわね。このパーティーはおれが眞理枝に堂々と触れることと、そのためだけに開いたんだって。それを聞いて、わたしは思わず笑ってしまったわ。そしてなんて素敵なんだろう、と思った。わたしはあなたのその大胆なところが大好きだった。

それだけの大らかさと、あれほどのはにかみが同居しているなんて、あなたはほんとうに奇跡のようなひとだった。

知ってた？　あなたは自分で思っている以上に特別な人なのよ。あなたに似たひとなんかどこにもいない。世界中どこを探したって、あなたの代わりを見つけることなんてできやしないわ。

あなたはわたしを抱きしめながら、こうするのがずっとおれの夢だったんだ、と言って少年のように頬を赤く染めていたわ。眞理枝にこうやって触れているだけでも目眩がするんだと、そう打ち明けてもくれた。

その言葉を聞いて、どれほどわたしが嬉しかったか。

わたしたちの思いは一緒だった。出逢ったときからわたしたちは惹かれ合い、結ばれることを夢見ていた。

あなたと出逢えてよかった。

あなたの自信に満ちた言葉、あなたの寛容、あなたのその声、そのすべてが愛しくてたまらない。

わたしはあなたのために生まれてきたの。ただ、そのためだけに。この胸に仕舞い込まれた、たったひとつの恋心は、あなたのためだけに息づいているの。

ときおりね、もしわたしたちが普通の人生を送っていたら、とそう思うこともあるの。

どこかの美大で出逢って、普通に恋に落ちて、結婚して、子供をもうけて、そしてふたりで一緒に年老いていく――

やがて終わりの日が来たなら、きっとわたしたちは互いに見つめ合いながらこう言うでしょう。あっという間の人生だったね、でも悪くはなかった、って。あなたはふたりが残してきた軌跡を眺めながら、おれたちがんばったじゃないか、ってそう誇らしげに言って、わたしの頭を撫でてくれるの。

けれど、現実はそんなふうにはならず、いまわたしたちは互いの声を聞くことさえできずにいる。

でも、もうすぐよ。待っててね。もうすぐあなたのそばに行くから。こんなに待たせてしまってごめんなさい。

わたしたちはきっと逢えるはず。そう信じてます。

それでも――もし、行き違うようなことがあったら、あなたと逢えずに終わるようなことがあったらと、そんな不安を覚えることもあるの。

だから、この手紙とノートは、そのときのために弘巳に預けるつもりです。彼が眠りに就くときは、また他のひとに預けてもらえるよう、頼んでもあります。

もし、あなただけが目覚め、そのとき隣にわたしがいなかったら、この手紙とノートとをわたしの心だと思って下さい。言葉に託して真心をあなたに送ります――

あなたと過ごした二年間、わたしは本当に幸せでした。あなたはわたしの初めての、そして最後の恋人です。

ねえ、幸哉、誰よりもあなたが好きよ。

この命よりも、あなたを大切に思っています。

眞理枝

§

少女は小舟に乗って暗い海を漂っていた。

夜はいっこうに明ける気配を見せず、海はまるで死んだように凪いでいた。

もうどれくらいこうしているだろう。何時間なのか、何年なのか、それすらもわからない。

少女は孤独だった。世界はすでに終わってしまったのかもしれない。自分だけがそれを知らずに、こうしてひとり夜の海を漂っている。

彼女は思った。わたしは果てなき闇を流離う最後の亡霊なのかもしれない。狂うことさえ許されず、まるで帆布にくるまれ海葬に付された人間のように、暗い海を永遠に漂い続ける——

だがあるとき、少女は海のはるか彼方に小さな灯りを見つけた。夕暮れに現れる一番星のような、あるかなきかの微かな瞬き。彼女は鏡面のように滑らかな水面に手を差し入れ、冷たい水をそっと掻いた。舟が舳先を震わせゆっくりと滑り出す。

彼女は懸命に水を掻いた。久しく感じることのなかった風が頰を掠め、やがては海がわずかに波立ち始めた。

もうすぐよ、もうすぐ、と彼女は声に出してひとり呟く。再会の期待に胸が高鳴る。

やがて舟が近付くと、見えていた光は大きな客船の灯火であることがわかった。船は波を受けながら静かに停泊している。

船上から微かに音楽が聞こえてくる。懐かしい歌声とオルガンの響き。

天なる神には　御栄えあれ　地に住む人には　安きあれと――

舟をさらに寄せていくと、客船の船縁にいくつもの人影があることに彼女は気付いた。

みな幼い子供たちだった。一様に簡素な服に身を包み彼女に向かって手を振っている。

どの顔にも見覚えがある。みな記憶のままの変わらぬ姿で彼女を出迎えてくれている。

懐かしさに涙が込みあげてくる。

帰ってきたのね。はるかな旅路の果てに、ついに——

船腹に階段が降ろされた。

ひとりの少年が水面まで駆け下りてくると、彼女に向かって手を差し伸べた。

眞理枝、と彼は言った。

待っていたよ——

ああ、と彼女は思わず声を漏らした。この声——闇の先に見える遠い灯火のように、わたしを引き寄せ、向かわせるもの……

あまりの嬉しさに言葉も出ず、ただ涙を溢れさせていると、彼は彼女の手を取り強く引き寄せた。

次の瞬間、少女は恋人の腕の中にいた。

少年は彼女の肩を抱きしめながら遠い東の水平線を指さした。

見てごらん。

目を向けると、細く滲《にじ》むような緑色の光の帯が海と空を分けているのが見えた。

一緒に行こう、と彼は言った。

これからはずっと一緒だ。

ここはどこなの？
そう訊くと、彼は彼女を見て微笑んだ。
永遠の国。
それがこの場所の名前なの？
ああ、そうだよ。
そして彼はにわかに表情を引き締めると、甲板にいる者たちに向かってこう叫んだ。
さあ、船出の時が来た。いざ往かん、おれたちの世界へ！

解説　宇宙の彼方から私たちを見つめる目

作家　小手鞠《こでまり》るい

市川拓司は、詩人である。

『ぼくらは夜にしか会わなかった』――このタイトルを目にした時点で、すでに私はそう感じていたのですが――を読み始めてすぐに、読んでいるさいちゅうもずっと、そして読み終えたあとにも改めて、私は確信しました。

何言ってるんだ小手鞠るい、と、あなたは今、笑っていますか？　それとも、同感！　って、うなずいて下さいましたか？　両方のあなたに納得していただけるように、ここに「市川拓司詩人説」を裏づける証拠を提示してみますね。

失われた時がなぜ
これほどまでに美しく感じられるのか。
追憶とは寄る辺を失った人間に与えられた
ささやかな代償なのか。

ときに狂おしいほどに迫り来る
旧懐の情は不穏当なまでに激しく甘美で、
ぼくはそこに救済の意図のようなものさえ感じてしまうのだが。

もしかしたら、このときすでに
わたしは恋をしていたのかもしれない。
姿はなく、意味さえも聞き取れないような微かな声に、
わたしの中のなにかが呼応していた。
燃え上がることも落ちることもなく、
ただ静かに根を下ろす淡い思い。
いまはもういない愛しい誰かの人生を顧みるような、
そんな懐かしさや悲しみにも似た心の疼き——

いかがですか？　この、悲しみに縁取られた結晶のように、美しい詩。まぎれもなく、これは詩です。お気づきの方も多いかと思いますが、実はこの「詩」は、本書の最終話「いまひとたび、あの微笑みに」から二カ所、私が抜き書きをし、勝手に改行

を加えたものなのです。でも、驚くなかれ、ここだけじゃないのです。最初から最後まで、つまり、全作品のどこを書き抜いても、それは「詩」になっている。なってしまう、というべきでしょうか。そうなんです。市川さんの書く小説の言葉は、インクが紙に滲《にじ》んだ瞬間から「詩として生まれてくる」のです。

時にはせせらぎのように優しく、時には荒海の波のように激しいリズム感を孕《はら》んで、一語一語、一文一文、文章と文章が緊密につながっています。緊密なのに、そこには、余白があります。まさに、詩そのもの。だから、たとえ詳しい背景説明や描写がなされていなくても、私たちは、作品全体を流れ、包み込んでいる気配のようなものをしっかりと感じ取ることができる。気配のようなもの、とはなんでしょうか。その答えは、百人の人が読めば、百通りあるのだと思います。市川さんは私たちに「自由」を与えてくれています。翼を広げて自由自在に、この物語の空を飛んでいけばいいんだよ、と。

私が感じた気配は、静かで深い地球の呼吸音。この世界を包み込んでいる、風と光と緑の手のひら。小さな生き物たちの命と、その息吹。

失われてしまったものと、これから失われる運命にあるもの。

『いま、会いにゆきます』で、私たちのハートを天使の矢で刺し抜いてしまった市川さんの作品群は、巷《ちまた》では恋愛小説と呼ばれていますが、私は、市川さんが描いている世界は、愛は、もっともっと大きくて、もっともっと広いのではないかと思っています。恋愛が小さくて狭いものだとは、決して思っていません。けれど、現世に生きる男と女の出会いと別れ、人と人との関係にはとどまらない、もっと深遠な、もっと崇高な世界が、一冊まるごと「詩」になっているこの作品集のなかには、存在しているように思えます。

私が名づけるとすれば、これは「宇宙小説」——。

ところで私は、二十年あまり前からニューヨーク州の森のなかで暮らしていて、年に一度か二度、日本に里帰りをしているのですが、たまたま、オリンピックの開催地が東京に決まった直後にもどったことがありました。会う人会う人、誰にたずねても、新たな競技場をつくることによって、ことごとく失われる森、林、山、野原、池、川、沼、そこに棲息《せいそく》している生き物たち、鳥たち、魚たちのことを心配し、心を痛め、憂える人がいなかったことに、めまいがしそうなほどショックを受けました（今もそのショックは尾を引いているし、その後、私と同じショックを受けた人もいることは知りましたが）。私たちはもう、これ以上、破壊する場所は残っていない、と言っても過言ではないほど、地球を痛めつけ、自然を壊してきたのではないでしょうか。かけがえのないものは失われたのではなくて、私たち人間がみずから、失われるように仕向けているのではないか。絶望的なこの破壊を止めるために、私に何か、できることがあるだろうか。と、思いながらも、巨大な無力感に苛まれ、押しつぶされそうになっていました。そんなある日、この作品集をひもといて、冒頭の「白い家」の「6」までたどり着いたとき、救われたような気持ちになったのです。

「よその場所じゃぼくは生きていけない。ここじゃなきゃ、ぼくは——」

不安にうち震える彼に、木々をなぎ倒す重機の音がさらに追い打ちをかけた。雑木林の一部が伐採され、そこにメッキ工場が建設されることになった。

わたしたちは、書斎の床に肩を寄せ合って座り、追われる鳥たちの嘆きを聞いた。

可哀想に、と彼は言った。

「逃げられない雛《ひな》や卵もあっただろうな……」

そして、「花の呟き」で、こんな一節に出会ったときにも。

もしかしたら彼は、どこか深い森からさまよい出てきた古《いにしえ》びとなのかもしれない。草や木と言葉を交わし、獣のようにひとを疎み、森をねぐらにする。彼はまるで永遠に時を止めた谷からやってきたお伽噺《とぎばなし》の主人公のようだった。

私はこの作品集のなかで出会った「ぼく」や「彼」に、私自身が「理解されている」と感じることができました。ぼくも、彼も——おそらく市川さんも——きっと、あのときには私と同じようなショックを受け、悲しみに打ちひしがれ、今も途方に暮れているに違いないと思った。なぜならば、「花の呟き」の主人公が語っているように「同じ匂いを持つ誰かと出逢えば、そのときはきっと気付くはず。このひとだと。理由なんてない。それは魂に刻まれた符牒なのだから」。

出会いは、生きている人同士のものとは限りません。実際に顔を合わせるかどうかも問題ではありません。生涯、忘れることのできない大切な人に、本のページのなかで活字を通して巡り合えることもあるし、もう二度と会えない、記憶のなかだけで生きつづけている人との再会もまた、かけがえのない出会いなのだし、それよりも何よりも、出会いとは、人と人だけのものではないのです。道ばたに咲いている一輪の花、名前も知らない雑草、そこに集まる小鳥や蝶や虫たち。私たちは日々、そのような、かけがえのない命に出会っている。そこには、死者の魂が、声が宿っている。それなのに、愚かな私たちは気づくことができない。気づこうともしない。そうですよね?市川さん。
表題作「ぼくらは夜にしか会わなかった」の「ぼく」は、早川という名前の女の子に、私たちに、語りかけてくれます(ここは再び、詩の形式で)。

ぼくは手を伸ばし、人差し指の背中で
彼女の目の縁を濡らす涙を拭った。
早川が笑った。ぎこちない笑顔だった。
いつか、とぼくは思った。
早川の本当の笑顔を見てみたい。
心の底から笑った顔を見てみたい。
どれだけ時間がかかるかわからないけど、
少しずつ、少しずつ、
彼女の固く凝った心を融かしていって、
世界には気を許してもいい場所があるんだってことを

教えてあげたい。

市川さん、ありがとう。私は「ぼく」に、教えてもらいました。傲慢で強欲な人類によって、壊されていく自然と、死に絶えていく生物を目の当たりにして、泣きそうになったときには、「ここ」にもどってきます。市川さんが銀河系の彼方から地球を見つめながら、詩人の指先で創り上げてくれた、このユートピアに、サンクチュアリに。『ぼくらは夜にしか会わなかった』の余韻と残響に包まれて、私は今、もうひとつ、こんな確信を得ました。

市川拓司は、宇宙人である。

本書は二〇一一年十一月、小社より四六版で刊行されたものです。

初出

「白い家」（『Feel Love』vol.6 2009 Spring）
「スワンボートのシンドバッド」（『Feel Love』vol.7 2009 Summer）
「ぼくらは夜にしか会わなかった」（『Feel Love』vol.8 2010 Winter「赤道儀室の幽霊」改題）
「花の呟き」（『Feel Love』vol.11 2011 Winter）
「夜の燕」（『Feel Love』vol.12 2011 Spring「I'm coming home」改題）
「いまひとたび、あの微笑みに」（書き下ろし）

（いずれも小社刊）

ぼくらは夜にしか会わなかった

一〇〇字書評

切り取り線

購買動機（新聞、雑誌名を記入するか、あるいは○をつけてください）

□（　　　　　　　　　　　　　　）の広告を見て
□（　　　　　　　　　　　　　　）の書評を見て
□ 知人のすすめで　　　　　　□ タイトルに惹かれて
□ カバーが良かったから　　　□ 内容が面白そうだから
□ 好きな作家だから　　　　　□ 好きな分野の本だから

・最近、最も感銘を受けた作品名をお書き下さい

・あなたのお好きな作家名をお書き下さい

・その他、ご要望がありましたらお書き下さい

住所	〒				
氏名		職業		年齢	
Eメール	※携帯には配信できません		新刊情報等のメール配信を 希望する・しない		

この本の感想を、編集部までお寄せいただけたらありがたく存じます。今後の企画の参考にさせていただきます。Eメールでも結構です。

いただいた「一〇〇字書評」は、新聞・雑誌等に紹介させていただくことがあります。その場合はお礼として特製図書カードを差し上げます。

前ページの原稿用紙に書評をお書きの上、切り取り、左記までお送り下さい。宛先の住所は不要です。

なお、ご記入いただいたお名前、ご住所等は、書評紹介の事前了解、謝礼のお届けのためだけに利用し、そのほかの目的のために利用することはありません。

〒一〇一-八七〇一
祥伝社文庫編集長　坂口芳和
電話　〇三（三二六五）二〇八〇

祥伝社ホームページの「ブックレビュー」からも、書き込めます。
http://www.shodensha.co.jp/bookreview/

祥伝社文庫

ぼくらは夜《よる》にしか会《あ》わなかった

平成26年7月30日　初版第1刷発行

著　者　市川拓司《いちかわたくじ》

発行者　竹内和芳

発行所　祥伝社《しょうでんしゃ》
東京都千代田区神田神保町3-3
〒101-8701
電話　03（3265）2081（販売部）
電話　03（3265）2080（編集部）
電話　03（3265）3622（業務部）
http://www.shodensha.co.jp/

印刷所　図書印刷
製本所　図書印刷

Printed in Japan ©2014, Takuji Ichikawa　ISBN978-4-396-34047-6 C0193

祥伝社文庫の好評既刊

飛鳥井千砂　君は素知らぬ顔で

気分屋の彼に言い返せない由紀江。徐々に彼の態度はエスカレートし……。心のささくれを描く傑作六編。

安達千夏　モルヒネ

在宅医療医師・真紀の前に七年ぶりに現れた元恋人のピアニスト克秀は余命三ヶ月だった。感動の恋愛長編。

加藤千恵　映画じゃない日々

一編の映画を通して、戸惑い、嫉妬、希望…不器用に揺れ動く、それぞれの感情を綴った8つの切ない物語。

小池真理子　会いたかった人

中学時代の無二の親友と二十五年ぶりに再会…。喜びも束《つか》の間《ま》、その直後からなんとも言えない不安と恐怖が。

小手鞠るい　ロング・ウェイ

人生は涙と笑い、光と陰に彩られた長い道のり。時と共に移ろいゆく愛の形を描いた切ない恋愛小説。

小路幸也　さくらの丘で

今年もあの桜は、美しく咲いていますか——遺言によって孫娘に引き継がれた西洋館。亡き祖母が託した思いとは？

祥伝社文庫の好評既刊

白石一文　**ほかならぬ人へ**

愛するべき真の相手は、どこにいるのだろう？　愛のかたちとその本質を描く第一四二回直木賞受賞作。

江國香織ほか　**LOVERS**

江國香織・川上弘美・谷村志穂・安達千夏・島村洋子・下川香苗・倉本由布・横森理香・唯川恵

江國香織ほか　**Friends**

江國香織・谷村志穂・島村洋子・下川香苗・前川麻子・安達千夏・倉本由布・横森理香・唯川恵

本多孝好ほか　**I LOVE YOU**

伊坂幸太郎・石田衣良・市川拓司・中田永一・中村航・本多孝好

石田衣良、本多孝好ほか　**LOVE or LIKE**

この「好き」はどっち？　石田衣良・中田永一・中村航・本多孝好・真伏修三・山本幸久…恋愛アンソロジー

西　加奈子ほか　**運命の人はどこですか？**

この人が私の王子様？　飛鳥井千砂・彩瀬まる・瀬尾まいこ・西加奈子・南綾子・柚木麻子…恋愛アンソロジー

祥伝社文庫　今月の新刊